GEGEN-WART

MARK GOLD

GEGEN-WART

–

von einem Mord,
pawlowschen Hunden
und drei blinden Mäusen

Kriminalroman

Bibliografische Information der Deutschen Nationalbibliothek:

Die Deutsche Nationalbibliothek verzeichnet diese Publikation in der Deutschen Nationalbibliografie; detaillierte bibliografische Daten sind im Internet über dnb.dnb.de abrufbar.

Satz, Umschlaggestaltung, Herstellung und Verlag:

BoD – Books on Demand, Norderstedt

ISBN 978-3-7481-7672-5

»Aber ich habe begriffen, weshalb Platon (oder war es Aristoteles?) dem Mut die niedrigste Rangstufe unter den Tugenden zuweist. Nicht gerade sehr edle Gefühle, aus denen er sich zusammensetzt: ein bisschen Wut, ein bisschen Eitelkeit, ein guter Teil Trotz und ganz gewöhnliche Sportlust. Vor allem auch ein gesteigertes Gefühl physischer Kraft. Alles in allem ein Wohlgefühl.«

Antoine de Saint-Exupéry

»Egal wo der Schuh drückt – die Mitarbeiterinnen und Mitarbeiter der Bezirksbürgerdienste sind die guten Geister der Bezirke. Sie haben immer ein offenes Ohr und stehen im Dialog mit den Menschen aus ihrem Bezirk. Sie nehmen Meldungen über Schäden, Gebrechen und Verunreinigungen entgegen, helfen bei Amtswegen und informieren über Leistungen und Neuerungen der Stadt Wien und anderer Institutionen.«

Selbstdefinition der
Magistratsabteilung 55/Bürgerdienst,
Gemeinde der Stadt Wien

Leise vibrierten die stählernen Stufen der Wendeltreppe, als der Mann nach oben kam und stehen blieb. Die Sonne knallte mit noch sommerlicher Kraft auf die Plattform inmitten der Steinwüste der Stadt und war so mit schuld daran, dass der Mann sich durch seine kurzen, dunklen Haare fuhr. Obwohl der Kalender bereits die erste Septemberwoche zeigte.

Vor ihm lag eine große, mit hellem Kies bestreute Plattform, an deren Ränder sich Töpfe und Tröge mit Rosen drängten. Etwa in der Mitte stand ein wackeliger Tisch mit allerlei Kram darauf, zwei Sessel und eine Liege, auf der ein Mann in Badehose und mit einer Zeitung über dem Gesicht lag.

Der Mann in der Polizeiuniform an der Treppe hatte fürs Erste aber nur Augen für die zweite Person auf der Plattform. Eine Frau, die hingebungsvoll und konzentriert an den Rosen werkte und zupfte. Sie trug eine dunkle, weite Hose mit ausgebeulten Seitentaschen, schwere Schuhe und ein ärmelloses Feinrippunterhemd, das den BH mit ihrem prächtigen Busen über der schlanken Taille bestens zur Geltung brachte. So wie den gebräunten Körper und das schmale Gesicht mit dem dicken Zopf schwarzer Haare. Der Mann auf der Liege wirkte blass und dank seines Bauchansatzes eher schwammig und bildete so einen deutlichen Gegensatz zu der sportlichen Frau.

Rulicik trat vom Treppenabsatz in den Kies und die Frau wandte sich nach ihm um. Ihr Blick verfinsterte sich, als sie meinte: »Ah, der Herr Kollege ist auch schon da!«

Worauf der Polizist an der Treppe entschuldigend grinste und es vorzog nicht zu antworten.

»Möchtest ein Bier?«

Der Mann auf der Liege hatte die Zeitung vom Gesicht genommen, eine Hand in die Kühltasche gesteckt und sah Rulicik fragend an. Der schüttelte den Kopf.

»Danke, nein. Bin im Dienst.«

»Und das schon seit einer halben Stunde«, knurrte sie verärgert, legte die Gartenschere auf den Tisch und begann die klobigen Handschuhe auszuziehen. »Das war das letzte Mal, dass ich deinen Arsch rette!«

Ilija Rulicik zuckte entschuldigend mit den Schultern und fühlte sich gar nicht wohl in seiner Haut. Ein Gefühl, das ihm in Gegenwart einer Frau sonst eher fremd war. Nicht ohne Grund nannten ihn die Kollegen insgeheim und mehr neidvoll als scherzend Mister Chippendale. Breite Brust und Schultern auf schmalen Hüften, ausgeprägte Oberarmmuskeln, dunkle Haare und das Gesicht eines vorlauten Jungen, da war schon mehr als eine Frau schwach geworden. Dass er dabei auch noch ein netter Kerl war, machte die Sache für seine Kollegen nicht besser.

Als es sich dann ergab, dass er mit Manuela Fromm gemeinsam Streife zu fahren hatte, da sprachen alle nur mehr vom Pin-Up-Team. Denn was er für die Kolleginnen, das war sie für die Kollegen – ein unerfüllbarer Tagtraum. Wenngleich ihre Art um einiges unfreundlicher war als seine. Das perfekte Team, hatte einmal jemand gemeint – guter Bulle, böse Bullin. Und beide zum Hinknien schön.

Sie hatte inzwischen die Bluse ihrer Uniform wieder übergezogen und in die Hose gesteckt. Der Gurt mit all den Gebrauchsgegenständen des polizeilichen Alltages baumelte in ihrer Hand und sie begann, ihn um ihre Hüften zu schlingen, während sie auf ihn zukam und ihn böse anfunkelte.

»Der Alte hat dich sowieso schon ganz oben auf der Liste«, setzte sie wieder an. »Es wäre wirklich hilfreich, wenn du es schaffen könntest, pünktlich zum Dienst zu erscheinen!«

»Wann hättest du sonst Zeit für deine Rosen«, versuchte er witzig zu sein, was ihm aber wiederum nur einen strafenden Blick eintrug. Vor einer weiteren Standpauke rettete Rulicik für diesmal der Mann in der Badehose. Er war aufgestanden und kratzte hingebungsvoll die Stoppeln auf seinem Kopf.

»Sagt mal, ihr beiden Vorzeigepolizisten«, meinte er dabei. »Könntet ihr mich mit hineinnehmen? Ich müsste noch ins Büro im Elften.«

»Die Polizei ist kein Taxiunternehmen«, fuhr sie ihn an. Er aber lächelte, sah sie für einen Augenblick treuherzig an und begann dann seine Sachen zusammenzupacken.

»Geht schon mal runter. Ich ziehe mir nur schnell was an und komme dann unten raus.«

Mit der Kühltasche und ein paar anderen Dingen marschierte er über die Plattform, die beiden Stufen auf das flache Dach des Hauses hinüber und ohne sich weiter umzusehen in den Abgang. Die beiden Polizisten sahen, wie die Tür sich schloss und hörten, dass sie versperrt wurde. Rulicik ließ seiner Partnerin die Treppe hinunter den Vortritt. Er konnte es sich aber nicht verkneifen zu sagen: »Manchmal glaube ich, ihr seid noch immer verheiratet.«

Ihr Blick über die Schulter überraschte ihn, eben weil es diesmal keine Zurechtweisung war. Eher ein schmerzliches Eingeständnis. Trotzdem schwieg sie bis unten, und erst während sie die Gittertür zur Wendeltreppe schloss, meinte sie: »Ich habe manchmal auch den Eindruck, dass sich so gut wie nichts geändert hat. Na ja, zumindest wohne ich jetzt nicht mehr in dieser Bruchbude.«

Rulicik sah sich langsam um. Das Gelände der alten Tankstelle war auf der Straßenseite blickdicht von Hecken hinter einem Zaun begrenzt. Die Zapfsäulen waren entfernt worden, aber das klobige Vordach stand noch immer da und wurde jetzt als Terrasse und Rosengarten genutzt. Die großen Scheiben waren mit schräg gestellten Holzlamellen verkleidet, um einen direkten Blickkontakt zu verhindern, und innen war das Ganze wohnlich eingerichtet, wie er wusste. Sogar einen Durchgang zur nebenstehenden Garage gab es, die früher und auch jetzt noch eine Werkstatt war. Gut, neue Farbe konnte das Ganze sicher vertragen, aber unter einer Bruchbude stellte sich Rulicik etwas anderes vor. Zum Beispiel die kleine Wohnung mit den zwei Zimmern, in der er mit seinen Eltern, seiner Großmutter und den drei Geschwistern aufgewachsen war. Wackelige Klappbetten dicht an dicht, 5 Liter heißes Wasser pro Tag und die Toilette am Gang. Das war eine Bruchbude.

Markus Fromm versperrte den Eingang hinter sich und trug jetzt Jeans und T-Shirt. Und die unvermeidliche, rote Umhängetasche mit dem großen 55er darauf. Er versperrte auch noch die Gittertür zum Dach und kam dann zu dem Polizeiwagen in Silberblau.

»Wann wird dein Wagen eigentlich endlich fertig?«, wollte Rulicik wissen, doch nur seine Partnerin brummte: »Wenn wir ihn nicht mehr fahren.«

»Außerdem gibt es auch noch U-Bahnen in dieser Stadt«, konterte ihr Ex-Gatte und kletterte auf den Rücksitz. »Und der Enkplatz ist sehr gut angeschlossen. Da ist die Station fast direkt vor der Tür.«

»Dann fahr doch mit der U-Bahn«, maulte sie, ließ aber den Motor an und setzte zurück bis an die Garage. Fromm hatte die kleine Fernbedienung aus der Tasche geholt und öffnete damit das Schiebetor zur Straße.

»Die Spedition hat mir übrigens ein neues Angebot gemacht«, erzählte er dabei und wies hinüber zu der Seite, an der das Grundstück ein schiefer Drahtzaun abschloss. Dahinter lümmelten ein paar uralte Lastwagen vor dem abweisenden Tor einer großen Lagerhalle herum.

Auf der gegenüberliegenden Seite wurde das Grundstück von einer vier Stockwerke hohen Feuermauer begrenzt, auf der früher einmal in bunten Farben Werbung für die Tankstelle gemacht worden war. Jetzt war das Kunstwerk kaum mehr zu erkennen, so verblasst war es. Zumindest dort, wo sich noch Verputz auf der Mauer befand.

»Und? Wirst du verkaufen?«, fragte Rulicik.

Statt einer Antwort sah Markus Fromm dem sich wieder schließenden Tor zu.

»Ja«, meinte er nach einer Weile. »Nein. Ich weiß nicht. Es macht so viel Arbeit und es wäre noch so viel zu tun, bis es so ist, wie ich es mir vorstelle. Aber ich weiß nicht, wo ich die Zeit dafür hernehmen soll.«

»Weil du gerade davon sprichst«, warf der Schwarzhaarige ein und wetzte auf dem Sitz herum, um eine bequeme Position zu finden, »was willst du eigentlich an einem Sonntag im Büro?«

»Bürgerdienst ist Dienst am Bürger«, grinste Fromm von hinten. »Und Probleme hat der Bürger sieben Tage die Woche.«

»On the street – to serve and to protect«, warf sie ein und es klang ein wenig resigniert.

Der junge Mann hinter dem Schreibtisch sah von seiner Zeitung auf und zog die Brauen zusammen.

»Hallo Dieter«, meinte Fromm und stellte seine Tasche auf den Tisch. »Gibt es was Neues?«

Ohne die Gratiszeitung mit den unglaublichsten Verbrechen des Vortages loszulassen, drehte der junge Mann sich um und sah auffällig zu dem Ausdruck hinter sich an der Wand.

»Du hast heute keinen Dienst, Markus«, sagte er und wusste doch, dass die Information nutzlos war. Fromm grinste auch nur breit und wartete. Also schüttelte der junge Mann den Kopf und legte die Zeitung zur Seite.

»Na gut, eine Frau Ingenieur hat schon zwei Mal für dich angerufen und sich aufgeregt, weil du nie zu erreichen bist. Wegen dem Gerichtstermin morgen. Es gibt da jetzt übrigens so was wie Mobiltelefone. Deines kann man sogar einschalten!« Fromm grinste wieder nur und ersparte es sich zu antworten. »Ich habe ihr versucht zu erklären, dass du heute keinen Dienst hast und dass deswegen dein Telefon nicht eingeschaltet sei, « fuhr der junge Mann fort, »dass du aber morgen ganz sicher bei Gericht erscheinen wirst. Willst du das wirklich machen?«

Fromm warf sich in einen Sessel und streckte die Füße von sich.

»Warum nicht? Versprochen hab ich's ihr.«

»Weil die Alte einen Sachwalter hat«, entgegnete der Junge und schob die Zeitung zur Seite. »Und nicht irgendeinen, sondern den bekanntesten der ganzen Stadt. Den Liebling aller Richter. Und jetzt willst du mit der Alten antreten und behaupten, dass Mister Supergut seine Klienten nur abzockt. Auch wenn die halbe Stadt weiß, dass du recht damit hast – du lehnst dich verdammt weit hinaus und das hat nichts mehr mit deinem Job zu tun.«

»Die Frau wäre delogiert worden, weil der Herr Sachwalter über Monate hinweg vergessen hat die Miete zu bezahlen. Und er hat auch weiter nichts dagegen unternommen, als er darüber informiert wurde. Darum hat sie sich an uns gewandt«, entgegnete Fromm scharf. »Klar, wenn sie obdachlos geworden wäre, dann hätte er die Miete auch noch behalten können. Mir kann niemand erklären, dass der Gauner sich ordentlich um seine Leute kümmert! Zumal er weit mehr Leute betreut, als er eigentlich dürfte.«

Der Junge winkte beschwichtigend ab und griff wieder nach seiner Zeitung. Dabei schüttelte er den Kopf und grinste gleichzeitig.

»Du bist verrückt«, stellte er fest und schüttelte noch einmal den Kopf. »Und ich helfe dir dabei auch noch. «

»Dass ich verrückt bin, weiß ich. Und dass du mir hilfst, weiß ich zu schätzen. Lass mir die Unterlagen einfach zukommen, wenn du sie hast. Ich bräuchte sie nur bis zur Verhandlung. Gibt es sonst noch was?«

Der Junge überlegte kurz, legte die Zeitung dann wieder weg und griff nach einem der Zettel vor sich.

»Eine Beschwerde der Bewohner im Siedlungsbau in der Apostelgasse. Nächtliche Party von ein paar Jugendlichen im Innenhof. Verunreinigung, Sachbeschädigung, Lärmbelästigung. Die 48er habe ich schon informiert. Und die Sachen bringe ich dir heute Abend vorbei.«

Markus Fromm war aufgestanden und nahm ihm das Blatt aus der Hand.

»Ich seh es mir mal an.«

»Du bist nicht im Dienst.«

»Jup.«

»Du bist verrückt!«

Unter der Tür hielt Fromm an und zeigte grinsend die Zähne.

»Und darum ist das hier genau mein Job.«

Wie er erwartet hatte, war weder von den Jugendlichen noch von den Beschwerdeführern viel zu sehen. Nur ein alter, verhärmter Mann redete schwitzend und in gebrochenem Deutsch auf ihn ein und versuchte zu erklären, dass das alles der schlechte Einfluss der unzähligen Ausländer im Haus war, weil ein Österreicher so was nicht machen würde. Die Leute von der Stadtreinigung hatten einige leere Flaschen und Packungen mit Pizzaaufdrucken bereits entsorgt, und die Sachbeschädigung erwies sich als abgebrochenes Brett eines Sandkastens, für das Fromm einen Reparaturauftrag schrieb. Zwei der Jugendlichen konnte ihm der aufrechte und aufgebrachte Österreicher nennen, weil sie im selben Bau wohnten. Also sah er in den Wohnungen vorbei und redete ihnen ins Gewissen, was einmal mehr und einmal so gut wie keinen Effekt zu haben schien. Nach einer knappen Stunde war die ganze Aufregung vorbei und er trottete gemächlich die Straße hinunter.

Mit der U-Bahn fuhr er einmal kreuz und einmal quer durch seine Stadt, weil es für ihn nichts Besseres zu tun gab. Am Praterstern half er einem italienischen Pärchen, das die Orientierung verloren hatte, und etwas später traf er auf zwei Streetworker, mit denen er sich eine ganze Weile unterhielt. Er besah sich die Menschen und mit den Jahren hatte er einen Blick für sie entwickelt. Da gab es die ganz Wichtigen. Menschen, eingesponnen in ihrer Welt und deren Notwendigkeiten. Meist vernabelt mit ihrem Smartphone und immer blind für das Leben rund um sie. Nur ganz wenige fanden sich bei den Zielbewussten, die ihre Umwelt auch wahrnahmen. Zumeist waren sie bemüht, ihre Mitmenschen nicht zu bemerken. Und es gab die, die zu viel Zeit hatten. Frisch pensioniert oder in die Arbeitslosigkeit gestoßen, die der neu gewonnenen Freiheit hilflos gegenüberstanden. Oder Touristen, sofern sie nicht stoisch und murrend hinter einem Reiseführer her trotteten. Alles Suchende, zumeist ohne zu wissen, wonach sie suchten und ohne zu bemerken, wenn sie es gefunden hatten. Und dann gab es noch die Ziellosen. Menschen, die an Stationen warteten, die hastig durch die Stadt eilten, und doch erkannte er, dass sie kein Ziel hatten. Weil da keine Arbeitsstätte war, die wartete, keine Wohnung, zu der sie zurückkonnten. Die Gesellschaft wollte sie nicht sehen, und sie legten zumeist auch keinen Wert darauf, bemerkt zu werden. Auch eine andere Gruppe war in den letzten Jahrzehnten unbemerkt gewachsen, lange vor der Welle 2015 hatte es begonnen. Menschen zumeist dunklerer Hautfarbe, die wie Touristen durch die Stadt schlenderten. Doch sie suchten keine Baudenkmäler oder Attraktionen. Sie suchten die Schrecken ihrer Heimat zu verdrängen, die Bilder ihrer Flucht zu vergessen. Beides so unmöglich wie in dem neuen Land Fuß zu fassen.

Irgendwann stand er dann wieder vor seinem Zaun und öffnete die kleine Tür neben dem Schiebetor. Unschlüssig ging er über den Hof und wusste nicht, was er beginnen sollte. So vieles gab es zu tun. Vielleicht war die Idee mit der alten Tankstelle doch nicht so gut gewesen, wie er anfangs gedacht hatte. Den Asphalt in der Ecke hinten hatte er irgendwann mal aufgebrochen, um ein Gemüsebeet anzulegen. Aber zuerst dachte er, er müsste Erde besorgen, weil in dem Schotter nichts wachsen würde. Das war vor einem Jahr gewesen. Inzwischen wuchs in dem Schotter doch etwas, auch ohne Erde, nur Gemüse war das nicht. Vielmehr das, was der Botaniker so gerne Wildkräuter nannte. Und das wucherte inzwischen ganz ordentlich. Die Bretter der Lamellen vor den großen Scheiben müssten auch wieder gestrichen werden. Unter anderem. Fromm überquerte den Platz und schloss die Tür zu der Garage auf. Er tätschelte den Sitz der wuchtigen BMW und hatte wieder einmal das Gefühl, dass er ebenso ausrangiert war wie dieses alte Polizeimotorrad. Dann holte er sich eine Flasche Bier aus dem Kühlschrank in der Ecke, öffnete sie und tat einen langen Zug. Es war wirklich an der Zeit, dass sein Wagen endlich flott wurde. Die Karosserie der »Ente«, einem Citroën 2CV, stand verstaubt in der Mitte des Raumes, und die Einzelteile ihrer Innereien lagen verstreut auf der Werkbank. Zuletzt, da hatte er an der Federung geschraubt. Aber eigentlich war er sich da nicht mehr so sicher.

»Was gibt es denn Gutes?«

Der junge Mann aus dem Büro kam durch den Hintereingang und streckte die Nase in die Küche. Fromm winkte ihn mit dem großen Küchenmesser in der Hand herein und schnitt dann unverdrossen weiter.

»Grüne Nudeln mit Kürbiskernpesto, eigenen Paradeisern und Kräutern. Möchtest du auch was?«

»Warum hätte ich wohl sonst bis jetzt gewartet«, grinste der Junge und stellte seine Tasche neben die Tür. »Ich seh mal nach, ob von dem Cuvée Hengstberg vom Bründy noch was da ist.«

Der junge Mann wusste genau, wo Fromm seine Weinflaschen aufbewahrte und kam schnell mit einer zurück. Inzwischen hatte Fromm schon die Nudeln mit dem Pesto und den frisch gehackten Kräutern vermischt, und nach einer kurzen Überlegung begaben sich die beiden Männer mit ihren Tellern auf das Dach, um es sich gemütlich zu machen. Bald waren die Portionen verschwunden, die beiden saßen gemütlich vor ihren Gläsern und lauschten den Geräuschen der abendlichen Stadt. Plapperten belangloses Zeug. Irgendwann streckte Fromm sich durch und fragte: »Hast du was für mich?«

Wortlos erhob sich der junge Mann und verschwand Richtung Treppe, um gleich darauf mit seiner Tasche wieder aufzutauchen. Fromm teilte inzwischen den letzten Rest aus der Flasche auf. Nicht ganz gerecht, aber immerhin war er auch fast doppelt so alt. Der Junge zog ein paar zusammengefaltete Blätter aus seiner Tasche und schob sie über den Tisch.

»Das Gesetz sieht vor«, meinte er dabei, »dass jeder Besachwaltete zumindest einmal die Woche von seinem Sachwalter persönlich gesprochen werden muss. Oder Erwachsenenvertreter, wie es jetzt in Neusprech heißt. Inzwischen ist auch die maximale Anzahl der besachwalteten Personen pro Sachwalter auf zwölf oder so beschränkt worden. Altfälle natürlich ausgenommen. Dein Magister Bartok ist, allein aufgrund der Daten der Gemeinde Wien, Sachwalter für knapp 2000 Personen. Das macht wohl auch eine ganz ordentliche Summe an Aufwandsentschädigungen am Monatsende.«

»Und er besucht auch ganz sicher jeden der Zweitausend einmal die Woche«, brummte Fromm.

»Da er sehr gute Kontakte hat, kannst du davon ausgehen, dass er auch für Personen kassiert, die rund um Wien wohnen. Für all das beschäftigt er zwei Sekretärinnen in seiner Kanzlei«, setzte der Junge ungerührt fort. »Wobei eine davon auch privat an derselben Wohnadresse gemeldet ist wie dein sauberer Herr Magister. Also wird sie wohl nicht gerade für Schreibarbeiten bezahlt werden.«

Fromm nahm die Blätter und überflog die lange Liste der Namen und Adressen.

»Bekommst du auch keine Probleme, wenn du mir das gibst?«

»Das sind nur die Daten, auf die wir durch unseren Job Zugriff haben, also keine Garantie für Vollständigkeit. Und außerdem bin ich mit deinem Passwort eingestiegen.«

»Ich habe ein Passwort?«, grinste Fromm.

»Und noch eine Flasche von dem Hengstberg im Regal«, konterte der junge Mann.

Die Sonne schien durch die hohen, geöffneten Fenster in den freudlosen Korridor des Gerichts und verbreitete strahlende Helligkeit. Markus Fromm stand in diesem Sonnenlicht und besah sich die kleine, ausgemergelte Frau. Seit geraumer Zeit redete sie nun schon auf ihn ein, aber er hörte nicht mehr wirklich zu. Er kannte ihren Text inzwischen so gut wie auswendig. Ihre Tiraden über die Dummheit der Sachwalter und die Unfähigkeit der Richter und besonders der Richterinnen hatten sich in den Jahren nur geringfügig verändert. Obwohl er wusste, dass sie so schnell nicht aufhören würde zu reden, war er zufrieden. Die Anhörung war weit besser gelaufen, als er erwartet hatte. Abgesehen davon, dass die Besachwaltung der alten Dame ausgesetzt worden war, hatte die junge Richterin einen wutschnaubenden Magister Bartok dazu verdonnert, dem Gericht eine Aufstellung über seine Tätigkeit als Sachwalter zu jedem seiner Fälle vorzulegen. Damit würde er wohl einige Zeit beschäftigt sein.

Markus Fromm hatte wieder einen Feind mehr, aber darüber machte er sich keine großen Gedanken. Einerseits hatte er sich inzwischen so viele Feinde gemacht, dass es auf einen mehr oder weniger nicht ankam, und außerdem wusste er, dass Menschen leicht vergaßen. Unangenehmes natürlich langsamer, gute Taten schnell.

Es war ein schöner Tag, obwohl die Wetterdienste ein Ende des Sommers ankündigten, er war zufrieden und es stand nichts Besonderes an diesem Tag auf seinem Terminkalender. Markus Fromm liebte es nicht, wenn sich die Dinge überstürzten oder zu kompliziert wurden. Er war ein Freund der einfachen Lösungen und die meisten Probleme der Menschen waren einfache Probleme.

So zufrieden war er mit sich und der Welt, dass er einige Zeit benötigte, um zu begreifen, dass das störende Geräusch das Klingeln seines Telefons war.

Ohne das Geplapper der kleinen alten Frau dadurch zu unterbrechen, nahm er das Gespräch entgegen und lauschte den aufgeregten und sich überschlagenden Stimmen. Irgendwann wurde das Gespräch weitergereicht und eine weniger aufgeregte, dafür bekannte Stimme erklärte ihm noch einmal, dass seine Anwesenheit durchaus hilfreich sein könnte. Also machte er sich auf den Weg. Verwundert darüber, was wohl seine Anwesenheit bei einer Vernehmung der Polizei bewirken konnte.

Wie die meisten Polizeidienststellen der Stadt Wien war auch die für den siebenten Bezirk leicht zu erreichen und von außen ziemlich unscheinbar. Kaum hatte Fromm das Gebäude betreten, da sah er sich auch schon von einem älteren Ehepaar umringt, das in einem Gemisch aus Deutsch und Türkisch auf ihn einredete, um, so wie er das verstand, das Leben ihres Sohnes zu retten. Soweit er sich allmählich erinnern konnte, hatte er mit dem Sohn schon einmal zu tun gehabt, zumindest kamen ihm die Gesichter der Eltern bekannt vor. Langsam kehrten Bruchstücke aus der Erinnerung zurück. Ein minderjähriger Hitzkopf, der irgendwelche Probleme gemacht hatte. Nichts Großartiges, keine Drogen, daran hätte er sich erinnert. Aber es gab ja noch mehr als genügend andere Möglichkeiten, um unangepasst zu sein. Die Probleme der Jugend in einer Welt, die sie nicht verstanden. Die ihnen alle Möglichkeiten, aber keine Chancen bot, und gegen die sie sich so lange auflehnten, bis sie begriffen, dass man diese Welt nicht verändern konnte.

Aus dem Nebenraum verdunkelte eine breitschultrige Gestalt die Tür, doch bevor Fromm noch etwas sagen konnte, war Rulicik schnell auf ihn zugetreten und meinte: »Danke, dass Sie kommen konnten, Herr Magister. Ich hoffe, es war nicht umsonst, dass wir Sie bemüht haben.«

Fromm nickte stumm und warf aus den Augenwinkeln einen Blick zu dem Polizisten am Pult, der den Tumult unwillig beobachtete.

»Wie gesagt weiß ich nicht, wie ich Ihnen helfen kann, Inspektor«, konterte Fromm ebenso förmlich.

»Am besten, ich erkläre Ihnen die Sachlage«, stelzte Rulicik, zog Fromm dabei aus dem Eingangsbereich weiter und gab dem aufgeregten Elternpaar zu verstehen, dass sie sich wieder setzen sollten. Ein paar Schritte weiter in dem Korridor blieben sie stehen.

»Die Kollegen müssen nicht wissen, dass wir uns kennen«, erklärte er, was Fromm längst verstanden hatte, und wies auf eine Tür weiter hinten in dem Gang.

»Der Junge heißt Günar Gültürk. Angeblich kennst du ihn. Er hat uns heute früh angerufen und den Fund einer toten Frau gemeldet. Manuela ist noch am Fundort. Das Problem ist jetzt, dass der Junge zwar den Notruf gewählt hat, aber sonst nicht mit uns reden will. Seine Eltern meinen, du könntest helfen. Major Brolli ist gerade bei ihm und versucht herauszubekommen, was eigentlich passiert ist. Brolli ist Leiter einer Gruppe bei der Mordkommission«, erklärte er noch, als er Fromms gerunzelte Stirn sah.

»Ist der Junge denn verdächtig?«

Der schönste Polizist Wiens zuckte mit den Schultern und blies die Wangen auf.

»Er meldet eine Leiche, läuft weg und will nicht mit uns reden – so was kommt bei Mord nicht besonders gut. Und wie du selbst immer sagst, Polizisten sind misstrauisch. Berufsbedingt.«

»Paranoid, sage ich«, korrigierte Fromm und fragte dann: »Und ich soll jetzt Wunder wirken?«

Wieder zuckte der Polizist mit den Schultern.

»Die Eltern meinten, mit dir würde er reden. Weil du voll tolles Mann bist.« Er grinste. »Wahrscheinlich haben sie sogar recht, welcher Türke redet schon mit der Polizei.«

Fromm nickte und die beiden gingen weiter bis zu der besagten unscheinbaren Tür. Rulicik klopfte an und trat ein, ohne eine Antwort abzuwarten. Durch den Spalt der offenen Tür sah Fromm ihn mit einem älteren Mann leise sprechen. Irgendwie kam ihm der bekannt vor. Nun, vielleicht hatte er ihn schon einmal in den Nachrichten gesehen. Das sollte bei leitenden Ermittlungsbeamten schon vorkommen. Vielleicht war er ihm auch so schon einmal über den Weg gelaufen. Schließlich kam er ziemlich viel herum in seiner Stadt. Noch bevor er sich bewegen konnte, um den Jungen zu sehen, kam Rulicik zurück, öffnete die Tür vollständig und holte Fromm in den Raum.

»Major Brolli – Magister Fromm vom Bürgerdienst«, stellte sie Rulicik vor, der stämmige Major im eleganten, hellen Anzug erhob sich kurz und sie gaben sich die Hand. Fromm war sich jetzt sicher, dass er diesen Mann schon irgendwo einmal getroffen hatte. Es musste nur sehr lange her sein. Und er wirkte gar nicht mehr so alt.

»Und das ist unser junger Freund«, setzte Rulicik fort, Fromm wandte sich der anderen Seite des Tisches zu und staunte, wie schnell die Zeit verging.

»Hallo Günar, ist auch schon eine Weile her, dass wir uns getroffen haben«, nickte Fromm. »Hast dich ganz gut gemacht, seither.«

Der junge Mann brummte etwas Unverständliches, nachdem er kurz aufgesehen hatte. Die Hände in den Hosentaschen vergraben, saß er mürrisch und zusammengesunken da und trotzte vor sich hin. Ein hübscher Bursche war er geworden, groß und schlank mit dunkler Haut und glänzendem schwarzen Haar. Ein richtiger Mädchenschwarm mit langen Wimpern in dem fein geschnittenen Gesicht. Wie doch die Zeit verging.

»Wir möchten wissen wann und wie er die Tote gefunden hat. Und natürlich, warum er vor uns davongelaufen ist, wenn er mit der Tat nichts zu tun hat. Aber Herr Gültürk zieht es vor zu schweigen«, erklärte Brolli trocken. Fromm hatte genug mit Polizisten zu tun gehabt, um zwischen den Zeilen zu verstehen, dass der angegraute Major den jungen Türken nicht für den Täter hielt, aber doch ziemlich sauer war, weil er ihnen nicht helfen wollte.

Rulicik verließ den Raum, Fromm seufzte und sah von einem zum anderen.

»Deine Eltern da draußen glauben, dass sie dir hier den Kopf abreißen und dass nur ich dir helfen kann«, setzte er dann langsam an. »Weder das eine noch das andere ist in Wahrheit der Fall. Du hast dich in diese Situation hineingeritten und du kannst jederzeit wieder heraus. Außer natürlich, du hast sie umgebracht.«

Jetzt fuhr der Junge auf und starrte Fromm aus glasigen Augen an.

»Hast du?«

So energisch schüttelte er den Kopf, dass seine Fäuste aus den Hosentaschen glitten und sich unkontrolliert öffneten und schlossen. Dabei stammelte er Unschuldsbeteuerungen in dem Gemisch aus Deutsch und Türkisch, das sie auf der Straße sprachen. Ihm schien erst jetzt richtig klar zu werden, dass man ihn für einen Mörder halten konnte.

»Kennst du die Tote?«

Wieder das Kopfschütteln, diesmal aber vorsichtiger.

»Aber schon irgendwo mal gesehen«, setzte der Major jetzt nach und der Junge wand sich.

»Na, wenn sie laufen ging«, presste er dann heraus. »Muss wohl. War ja voll geil, die Alte.«

»Du warst geil auf sie?«

»Mach ich auf Leichenschänder?«, grinste der Junge jetzt. »War doch 'n Grufti, die Alte. Aber immer drauf wie 'ne Gaga.«

Der Major runzelte die Stirn und sah zu Fromm. Aber der grinste nur, statt zu übersetzen.

»Und wegen der Grufti-Tusse hast du dich in dem Innenhof breitgemacht«, setzte Brolli überraschend in dem Slang nach. Aber er erntete mit seiner Vermutung nur ein ärgerliches Zischen.

»Du hast sie dort gefunden, wo du sie der Polizei gezeigt hast«, vereinfachte Fromm und der Junge nickte gehorsam.

»Wann bist du in den Hof hinein?«

»So vor sieben.«

Brolli warf Fromm einen kurzen Blick zu und nickte leicht, nur war der sich nicht sicher, was damit gemeint war.

»Wenn du nicht wegen ihr in dem Hof warst, warum dann? Gib uns eine glaubwürdige Erklärung und du kannst verschwinden. Warum geht das nicht?«

Während Fromm den letzten Satz sprach, wanderten die Fäuste wieder in die Hosentaschen, der junge Türke zog die Schultern vor und vermauerte sich in seinem trotzigen Schweigen.

Fromm seufzte und trat von einem Bein auf das andere.

»Wenn du es nicht warst und trotzdem schweigst, dann hast du zumindest was damit zu tun. Vielleicht willst du jemanden schützen, vielleicht hast du anderen Dreck am Schuh. Egal wie die Sache aussieht, die Polizei wird nicht nachlassen und sie werden dahinter kommen. Also mach guten Wind und rede, sonst wird es nur noch enger für dich.«

Es war offensichtlich, dass der Junge kämpfte. Seine Zähne mahlten und sein ganzer Körper bewegte sich unruhig.

»So!«, meinte Fromm endlich. »Ich muss mal auf die Toilette. Das heißt, du hast fünf Minuten allein Zeit, um dir zu überlegen, ob du dich noch tiefer in die Scheiße reiten willst oder ob du dir helfen lässt.«

Ohne ihn weiter zu beachten, verließ Fromm den Raum, und der stämmige Polizeimajor mit den grauen Strähnen folgte ihm.

»Ich wusste gar nicht, dass ihr auch Verhörtechniken bei eurer Ausbildung hattet«, meinte er draußen belustigt und strich seinen Anzug glatt. Aber Fromm schüttelte den Kopf.

»Nein, ich hatte Jogurt zum Frühstück. Wo ist euer WC?«

»Den Gang nach links, erste Tür links«, kam die verwunderte Antwort und Brolli sah grübelnd hinterher, als Fromm rasch den Gang hinunter und um die Ecke verschwand. Einen Augenblick überlegte er noch, dann schüttelte er den Kopf und verschwand im nächsten Büro, um sich hinter einen unbenutzten Bildschirm zu setzen. Er hatte da einen Verdacht, dem er nachgehen wollte. Und die Datensammlung des Innenministeriums war umfangreich, wenn man wusste, wonach man suchte.

Wenige Minuten später kam Fromm wieder zurück. Diesmal in einem gemächlicherem Tempo. Er fand den Major noch immer in dem Büro hinter dem Bildschirm, doch der interessierte sich mehr für die Polizistin unter der Tür. Auch sonst hatte Manuela Fromm zumeist die ungeteilte Aufmerksamkeit ihrer männlichen Kollegen, Brolli interessierte sich aber weit mehr für den Bericht als für die unter der weit geschnittenen Uniform gut verborgenen weiblichen Kurven.

Fromm drängte sich an ihr vorbei in den Raum und lächelte auf ihren verdutzten Blick hin nur. Als aber der Major keinen Anstoß daran nahm, redete sie weiter.

»Unter einem der abgestellten Autos etwas weiter haben wir einen blutverschmierten Baseballschläger gefunden, Holz, nicht mehr neu. Das Blut war ziemlich frisch. Ging alles ins Labor. Wir haben die Bewohner befragt, soweit sie zu Hause waren, aber niemand hat etwas gehört, gesehen oder bemerkt.«

Fromm hatte sich inzwischen die auf dem Tisch liegende Liste mit den Hausbewohnern genauer angesehen und versuchte, sich zu erinnern.

»Sag mal«, fragte er, »diese Adresse. Ist das nicht der Bau, der nach der Renovierung durch die Gemeinde erst vor einem Jahr eröffnet worden ist?« Und als sie fast widerwillig nickte, grübelte er weiter: »Die Wohnungen dort sind nicht gerade billig. Aber auch nicht so nobel, dass sich ein Einbruch wirklich lohnen würde. Was macht unser türkischer Loverboy wirklich dort? Und wie ist er hineingekommen? Da war doch was, dass das Tor mit einem Code gesichert ist. Damit man die ständig anwesenden Hausmeister einsparen kann. Umstieg auf mobile Gebietsbetreuung, Erhöhung der Sicherheit oder so. War das nicht so ein Haus?«

Der Major schien interessiert und die Polizistin nickte wieder.

»Das Tor öffnet automatisch bei Eingabe eines Codes und schließt auch automatisch wieder. Aber«, unterbrach sie die aufkeimenden Gedanken gleich, »am Morgen fahren viele Leute zur Arbeit oder bringen ihre Kinder in die Schule. Natürlich mit dem Auto. Also wird die Automatik ausgeschaltet, das Tor bleibt offen und nur ein Schranken verhindert die Zufahrt. Denn es gibt wieder einen Hausmeister und eine Hausmeisterwohnung. Gleich neben dem Eingang. Aber ich bezweifle, dass der überhaupt was sehen will.«

»Und Loverboy marschiert ungehindert ein und aus. Wenn er nicht doch auch den Code kennt.«

Als der Major den überraschten Blick seiner Mitarbeiterin auf sein Gemurmel bemerkte, zuckte er mit den Schultern.

»Nun«, verdeutlichte er, »wäre ja nicht die erste in die Jahre gekommene Solo-Dame, die sich einen jungen Lover hält.«

Die Reaktion der Fromms war geteilt. Er nickte, sie schüttelte den Kopf und begründete ihre Ablehnung auch: »Sie hatte einen Liebhaber, und der ist um zwölf Jahre jünger. Er wohnt nicht bei ihr, aber die Leute im Haus kennen ihn. Außerdem hätte so ein Türkenjunge ihrer Stellung in der Gesellschaft geschadet. Das hätte sie nie getan!«

»Ihre Stellung in der Gesellschaft?«, fragte Fromm überrascht. »Reden wir hier über jemanden, den ich kennen sollte?«

Die schwarzen Haare der Polizistin schienen sich trotz des dicken Zopfes zu sträuben, als Brolli den Hefter wortlos über den Tisch zu Fromm schob. Und der war selbst nicht weniger überrascht. Die Reaktion von Polizisten auf seine Anwesenheit war zumeist völlig anders. Ablehnend war da noch der freundlichste Begriff. Jede Erfahrung sprach dagegen, wie selbstverständlich ihn der elegante Polizeioffizier in die Ermittlungen mit einbezog. Was seine Neugierde nur anfachte.

»Nicht unbekannt, aber auch niemand, den man kennen muss«, zog sie trotzig nach. »Du schon gar nicht. Julia-Augusta Morales, Ex-Fotomodel, Inhaberin eines

Kosmetikinstitutes, Beratung für Promis und solche, die es noch werden wollen. Selbst ab und zu in den Klatschspalten. Bei Wohltätigkeitssachen und so. Hätte es beinahe mal in die Sendung »Dancing Stars« geschafft.«

Fromm betrachtete nachdenklich das vergrößerte Passbild. Das fein geschnittene, südländische Gesicht mit hohen Wangenknochen war umrahmt von einer Wolke aus blonden Locken und überaus attraktiv. Auch wenn das Bild schon älter war, hatte sich daran wohl kaum viel geändert.

»Ich hab ein paar Bilder auf der Kamera«, meinte die Polizistin schnippisch, »da ist sie nicht mehr ganz so adrett. Jemand hat mit dem Baseballschläger ganze Arbeit geleistet.«

»Identifizierung?«, frage Brolli.

»Nicht viel – Kleidung, Wohnungsschlüssel«, erklärte sie. »Zahnabdruck können wir wohl vergessen. Das Labor prüft Blutgruppe und DNA. Und das, was wir an Zähnen eingesammelt haben. Da hatte jemand eine Stinkwut auf sie. Aber kaum der kleine Türke.«

Brolli runzelte die Stirn unter der gepflegten Frisur und sah die Polizistin fragend an.

»Na ja«, zuckte sie mit den Schultern. »Türken kommen mit dem Messer, wenn man sie beleidigt. Rumänen nehmen erst mal die Fäuste und Serben und Russen schießen gleich. Den Baseballschläger verwendet eigentlich die rechte Szene, für einen Türken ist das so was von unüblich.«

Der Polizeimajor nickte, leistete sich ein schiefes Lächeln und überhörte die berufsbedingten rassistischen Untertöne.

Fromm hatte nicht wirklich zugehört, er blätterte wieder in der Liste der Hausbewohner, verweilte bei einem Eintrag und kaute nachdenklich auf der Unterlippe.

In dieser Pause streckte der Polizist vom Eingang den Kopf in den Raum.

»Die Schwester der Ermordeten ist da, Herr Major«, meldete er und konnte ungläubig die Augen nicht von Fromm nehmen, der in den Unterlagen blätterte.

»Bringen Sie sie herein«, befahl der Major und nickte der Polizistin zu. »Protokoll«, sagte er nur, sie ging um den Tisch und hantierte an einem unscheinbaren Diktiergerät.

Die Schwester war mittelgroß und hatte mit ihrem fein geschnittenen, südländischen Gesicht große Ähnlichkeit mit dem Opfer, aber ob diese Ähnlichkeit auch weiter ging, konnte Fromm nur ahnen. Er hatte ja nur das Bild vom Gesicht des Opfers gesehen, doch der schlanke Körper der Schwester hätte ebenfalls sehr gut zu einem ehemaligen Fotomodel gepasst. Sie schminkte sich jedoch kaum, ihre dunklen Haare waren streng nach hinten genommen und sie trug ein einfaches graues Kostüm mit weißer Bluse und flachen Schuhen. Brolli bot ihr einen Sitzplatz an und sie schien einen Moment zu zögern, entschloss sich dann aber, steif hinter dem Stuhl stehen zu bleiben.

»Magister Fromm vom Bürgerdienst«, stellte der Major vor, kam hinter dem Tisch hervor und reichte ihr die Hand. »Ich bin Major Brolli und ich leite die Ermittlungen.«

Sie nickte abwesend und nahm die Visitenkarte entgegen, die Fromm mit einer geübten Bewegung gezückt hatte.

»Wenn Sie in den nächsten Tagen irgendwie Unterstützung benötigen …«, meinte er dabei leise, aber sie schien ihn nicht zu hören. Dafür war sie viel zu sehr auf den Major konzentriert, als fürchtete sie, auch nur ein Wort zu überhören. Starrte auf das Stecktuch in seinem Anzug.

»Es tut mir leid, dass wir Sie belästigen müssen, aber es wäre für uns sehr wichtig, wenn Sie uns sagen könnten, ob Ihre Schwester Feinde hatte, ob sie sich in letzter Zeit bedroht fühlte, oder …«

»Das ist kein Problem«, unterbrach sie ihn und die Anspannung in ihrer Stimme war nur zu deutlich. »Wir haben uns nicht sehr nahegestanden und ich fürchte, ich kann Ihnen nicht viel helfen. Über Privates haben wir kaum gesprochen, weil wir uns so gut wie nie gesehen haben. Ich habe natürlich immer wieder etwas von Bekannten über sie gehört. Nichts Wichtiges, so wie ihr ganzes Leben nicht wichtig war. Ständig hatte sie irrwitzige Pläne und ständig war sie von irgendwelchen Schmarotzern umgeben, darum hatte sie auch ständig Geldprobleme und lag mir damit in den Ohren. Wahrscheinlich ist sie diesmal an den Falschen geraten.«

Was sie sagte, kam kalt und schroff. Und es klang, als hätte sie es sich genau überlegt. Als hätte sie es immer wieder geübt. Brolli war von dieser ersten Reaktion nicht besonders überrascht. Er schoss noch ein paar Fragen hinterher, ohne wirklich eine Antwort zu bekommen. Fromm blätterte einstweilen in dem Hefter und sah zu seiner Ex-Frau hinüber. Die tat so, als wäre sie damit beschäftigt, die Aussage zu protokollieren, hatte das Aufnahmegerät neben sich liegen und trug jenen Blick in den Augen, der ihm sagte, dass ihr irgendetwas nicht passte.

»Ich weiß nicht, ob Sie Ihre Schwester sehen möchten …«, ließ Brolli im Raum stehen und sie schüttelte angelegentlich und mit verkniffenen Lippen den Kopf.»… gut. Wenn das so ist, dann will ich Sie nicht mehr länger belästigen. Sagen Sie der Kollegin bitte nur noch, wie wir Sie am schnellsten erreichen können, falls noch Fragen anliegen Frau Morales. Beziehungsweise soll sie Ihnen eine Karte geben, für den Fall, dass Ihnen noch etwas einfällt, was für uns von Interesse sein könnte.«

Brolli erhob sich und reichte ihr elegant die Hand. Damit zog er sie ein Stück nach vorne, hin zur Polizistin hinter dem Tisch.

»Barbara Morales. Ich bin die jüngere Schwester!«

Fromm hörte sie es mit Betonung sagen, als er mit dem Major den Raum verließ.

»Jüngere Schwester«, knurrte er, als sie draußen waren, »die beiden waren Zwillinge!«

»Auch bei Zwillingen kommt eine früher als die andere«, entgegnete der Major in Gedanken und rückte sein Sakko zurecht. Die paar Schritte bis zum Vernehmungsraum gingen sie schweigend. Doch dann meinte Fromm: »Ich hatte schon öfter mit Angehörigen von Verstorbenen zu tun. Irgendwie war die Dame eigenartig.«

»Vielleicht der Schock«, kam die professionelle Antwort, doch der Major hatte es selbst so empfunden. Er legte die Hand auf den Türgriff und sah den Mann mit den kurzen Haaren, den Bartstoppeln und dem zerknitterten Shirt nachdenklich an.

»Was machen wir mit ihm?«, fragte der wie zum Kontrast distinguierte Major. »Ich glaube zwar auch nicht, dass er etwas damit zu tun hat. Aber er sollte mit uns reden!«

»Ich hab da so eine Idee«, grinste Fromm. »Ich kenne zwar die Leute nicht, aber manche Dinge werden sich nie ändern.«

Der junge Türke saß noch genau so am Tisch, wie sie ihn verlassen hatten. Trotzig in sich zurückgezogen, die ganze, böse Welt ablehnend.

»Und?«, rief Fromm aufgeräumt. »Können wir gehen?«

Überrascht sah der Junge auf und ein kleiner Funken Hoffnung glomm in seinen Augen.

»Erzähl uns deine Geschichte. Einfach, ohne Schnörkel, aber glaubwürdig, und die Sache ist gegessen.«

Sofort erlosch der Funke wieder, doch noch bevor er sich abwenden konnte, setzte Fromm schon nach: »Es ist ja toll von dir, dass du sie schützen willst. Aber irgendwie kommt es jetzt dann doch ans Licht und so bringst du auch sie nur immer mehr in Schwierigkeiten. Wenn die Polizei mit ihren Eltern redet.«

Sein Mund klappte auf und Erschrecken weitete die dunklen Augen.

»Er – er bringt uns um!«, stammelte der Junge. »Wenn ihr Vater erfährt, er bringt uns um!«

Es war offensichtlich, dass der Junge zusammen-klappte und trotzdem froh darüber war, dass es endlich heraus kam. Und er bemerkte so nicht, dass der Major ziemlich ratlos nebenbei stand.

»Seit wann triffst du dich mit ihr?«, wollte Fromm leise wissen und der Junge schluckte schwer, atmete dann tief durch und setzte sich aufrecht hin.

»Seit Anfang von Jahr. Ich warte in Hof und bringe sie in Schule«, erklärte er mit fester Stimme. »Sonst, wir können uns nicht sehen Vormittag. Vater von ihr sehr böse. Schlägt sie auch so. Wenn er erfährt, dass wir zu-sammen …«

Der Junge sprach es nicht aus, zuckte nur mit den Schultern, aber Fromm verstand genug. So unberechtigt war die Angst der Kinder sicher nicht.

»Wieso wartest du im dritten Hof?«

Jetzt grinste der junge Türke schelmisch und seine Augen blitzten.

»Er immer bringt Milka an Tor und sieht auf Straße nach, ob jemand wartet auf sie. Ich gehen dritter Hof, dort er sieht nie, außerdem, dort sind Mülltonnen, große. Und ich gehen ihr nach, wenn Vater wieder in Haus.«

»Und dort hast du die Morales getroffen.«

»Heyeca'kan manchmal um diese Zeit geht zu laufen«, nickte er. »Muss man ja hinsehen, wenn ist Mann.«

Fromm dachte an die knappen, körperbetonten Out-fits mancher Joggerinnen und nickte nachdenklich.

»Heute früh ich kommen in Hof und finden Frau. Zu-erst ich nichts wollen damit zu tun zu haben. Andere

Leute auch gehen aus und ein. Aber Milka sagt, ich muss anrufen. Das ganze Geschichte. Ich nicht weggelaufen, ich Milka zu Schule gebracht!«

Die beiden Männer sahen sich kurz an.

»Wie konntest du nur auf die Idee kommen, dir ein Serbenmädchen anzulachen«, schüttelte Fromm den Kopf. »Was würde dein Vater wohl sagen, wenn deine Schwester mit einem Serben rummacht. Der würde auch delirmek.«

»Wir nur Jungs in Familie!«, grinste der junge Türke, wurde aber sofort wieder ernst. »Ja«, nickte er dann, »Serbe und Türke nicht gut!«

»Kennst du die Geschichte von Romeo und Julia?«, wollte der Major wissen, aber der Junge sah ihn nur verständnislos an. »Auch egal«, seufzte Brolli, »wir müssen mit deiner kleinen Freundin sowieso reden, dann werden wir es eben so einrichten, dass ihr Vater nicht dabei ist. Wir Bullen sind nämlich nicht ganz so blöd und gemein, wie du glaubst!«

Im Blick des jungen Mannes kämpften Hoffnung und Ungläubigkeit, dabei kaute er an seiner Unterlippe und harrte der Dinge.

»Na los, hau schon ab«, brummte der stämmige Mann endlich. »Deine Personalien haben wir ja und wenn dir noch was einfällt, dann hilfst du uns. Verstanden?«

Der Junge nickte freudig, stand langsam auf und wurde immer schneller, je näher er der Tür kam. Dort blieb er aber tatsächlich noch einmal stehen.

»Was wird jetzt mit Hund?«, wollte er wissen.

»Welcher Hund?«

»Frau hatte immer so Hund, nix echtes Hund, so kleines Tussi-Wauwau. Manchmal mit ihr mit gelaufen. Hab ich nicht in Hof gesehen.«

»Darum sollten wir uns kümmern«, nickte der Major. »Danke.«

Der Junge verschwand durch die Tür und die beiden Männer sahen sich einen Augenblick an. Da stand auch schon die dunkelhaarige Polizistin im Raum.

»Frau Morales ist noch da«, meinte sie und sah von einem zum anderen. »Ihr ist eingefallen, dass die Ermordete einen kleinen Hund hatte. Sie möchte wissen, ob sie den zu sich nehmen kann.«

»Ich werde mich darum kümmern«, versprach Fromm der Frau, die neben der Polizistin im Türrahmen erschienen war, und die schien wirklich erleichtert zu sein.

»Haben Sie schon Tiere?«

Von dieser Frage war sie überrascht.

»Nein«, meinte sie verwirrt, »aber die Kleine und ich verstanden uns immer gut, das wird ganz sicher kein Problem!«

Ihr schien sehr an der Sache gelegen zu sein und der Major hatte keine Einwände. Er setzte sich auf die Tischkante und sah die Polizistin an.

»Holen Sie sich Rulicik und bringen Sie Frau Morales und Herrn Fromm in die Wohnung der Verstorbenen. Wenn die Spurensicherung fertig ist, soll sich Herr Fromm um alles Weitere wegen dem Hund kümmern. Und Sie, Frau Morales, würde ich ersuchen, sich kurz in der Wohnung umzusehen, ob etwas fehlt. Und sagen Sie Herberger, er soll das Videoprotokoll von diesem Raum archivieren.«

Major Brolli wirkte müde, die strenge Schönheit nickte ernsthaft und die Polizistin machte kehrt, um ihre Kollegen zu suchen. Die Frau im dunklen Kostüm folgte ihr und die beiden Männer konnten nicht anders, als ihre Blicke auf die schlanken Beine in den flachen Schuhen zu werfen. Ein wenig unsicher wirkte ihr Gang. Fromm war es ebenso.

»Wenn sie kaum Kontakt zu ihrer Schwester hatte, dann wird sie auch nicht wissen, ob etwas in der Wohnung fehlt«, gab er zu bedenken.

»Wenn sie kaum Kontakt hatte, dann dürfte ihr nichts auffallen«, bestätigte Brolli. Sein Blick verriet dabei nicht, woran er dachte. »Delirmek, verrückt vor Wut, verstehe ich ja. Kommt ja oft genug im Wortschatz der Türken vor. Aber, was zum Teufel ist Heye-irgendwas? «

Fromm grinste und warf dem eleganten Mann einen schrägen Blick zu. »Übersetzen wir es freundlich mit ›eine begehrenswerte ältere Frau‹.«

»Und weniger freundlich? «

Wieder sah Fromm den Polizeimajor an und grinste.

»Ich glaube nicht, dass man das wirklich übersetzen kann. Vielleicht trifft es das englische MILF, ist aber sicher nicht so wertschätzend gemeint. Sofern man es wirklich wissen will. « Sein Grinsen verschwand, er musterte den stattlichen Mann im Anzug und brummte endlich: »Eines verstehe ich nicht. Ihr Polizisten seid doch sonst nicht so kooperativ. Nur dass Rulicik mich geholt hat, um die Eltern eines kleinen Türken zu beruhigen, rechtfertigt noch nicht, mich in die ganze Ermittlung einzubeziehen.«

Brolli grinste halbseitig und wenig glücklich.

»Wir hätten es natürlich so machen können wie immer«, erklärte er dann. »Aber der Fromm Markus war immer schon ein Stinkstiefel, der seine Nase in anderer Leute Angelegenheiten stecken musste. Und der keine Ruhe gegeben hat, bis er nicht alles wusste. Egal, ob es ihn etwas anging oder nicht. Und ich bezweifle, dass sich daran etwas geändert hat, seit du Magister geworden bist.«

Fromm starrte den distinguierten Mann an und war sich nun sicher, dass er sich nicht getäuscht hatte. Wenn er nur wüsste, wo er ihn einordnen sollte.

»Nur dein Latein dürfte heute nicht mehr so gut sein«, warf ihm der Major schelmisch grinsend noch einen Brocken hin und Fromm gingen gleich mehrere Lichter auf.

»Jonas Brolli! – Du hast ein wenig zugenommen. Seit dem Gymnasium«, lachte Fromm und erinnerte sich an einen dürren Jungen mit Brille, der meist die Lateinarbeiten von ihm abgeschrieben hatte.

»Zugenommen? Sag fett, alt und grau geworden. Das trifft es besser. Ist aber auch wirklich eine Ewigkeit her.«

Fromm antwortete darauf nicht, sondern sah sich seinen alten Schulkameraden nur näher an. Endlich meinte er: »Trotzdem, reicht so ein unerwartetes Wiedersehen für so viel Freundlichkeit?«

Für einen Augenblick hielt Brolli dem Blick stand und zuckte dann mit den Schultern.

»Du wirst sowieso keine Ruhe geben, bis du weißt, was gelaufen ist. Also kannst du mir ebenso gut gleich helfen. Du hast jetzt Kontakt zu dieser Morales. Also hab ein Auge auf sie.«

Wieder schwiegen die beiden Männer für einen Augenblick.

»Markus? Kommst du?«, tönte eine Stimme von draußen und Fromm machte sich auf den Weg.

»Brolli-Bolli«, grinste er dabei.

»Stinkstiefel«, kam die Antwort.

Die kurze Fahrt zu dem alten Bürgerhaus verlief schweigend. Die beiden Polizisten saßen vorne und lauschten. Aber Fromm und die dunkelhaarige Frau hatten sich auf der Rückbank nichts zu sagen. Rulicik ließ sich von dem verdutzten serbischen Hausmeister den Schranken öffnen und fuhr gleich bis in den dritten Hof. Dort gab es Parkplätze genug, anders als auf der Straße. Die Polizistin ging vor, an ein paar neugierigen Nachbarn vorbei und in den zweiten Stock zu einer offenen Wohnungstür. Männer in weißen Schutzanzügen waren eben dabei, ihre Sachen in schwarze Koffer zu verstauen. Fromm konnte gerade noch einen flüchtigen Blick in die Wohnung werfen, als hinter der Tür der Nebenwohnung schon aufgeregtes Kläffen und lautes Kratzen zu vernehmen war. Eine alte Frau öffnete die Tür ein wenig und sofort schoss durch den Spalt ein laut kläffendes braunes Tierchen, die riesigen Büschel von Ohren hoch aufgerichtet. Schnurstracks raste der kleine Hund durch die Menschen auf die Frau im Kostüm zu und sprang ihr in die Arme. Die drückte und herzte das Tierchen und bei beiden war die Freude offensichtlich. Fromm stand schweigend daneben und versuchte sich seine Überraschung nicht anmerken zu lassen. Die alte Frau berichtete währenddessen voll des Jammers was vorgefallen war, ohne sich dabei an jemand Bestimmten zu wenden. Und es hörte auch niemand auf sie. Auch und gerade nicht die Frau im dunklen Kostüm.

Fromm sah noch einmal in den Flur der Wohnung, nachdem die Männer in den weißen Schutzanzügen den Blick freigegeben hatten, und entdeckte über ein paar Pokalen zwei große Fotografien der ermordeten Besitzerin. Abgesehen von der blonden Lockenpracht der einen und den streng zurückgebundenen schwarzen Haaren der anderen schienen sich die beiden Frauen stark zu ähneln. Einige Augenblicke hatte Fromm Zeit, das lebendige Gesicht vor sich mit dem Abbild der Toten zu vergleichen. Die Ähnlichkeit war außergewöhnlich und erschreckend, wie dies so oft bei Zwillingen der Fall ist. Auch wenn Jahre zwischen den Gesichtern liegen mochten. Der groß gewachsene Polizist trat zu ihnen, nickte der Alten zu und wandte sich dann an die Frau, die nur mehr Augen für den kleinen Hund hatte.

»Wir können jetzt in die Wohnung«, meinte er. »Frau Morales, der Major würde Sie ersuchen, dass Sie sich in der Wohnung umsehen. Bitte sagen Sie uns, ob Sie eine Veränderung bemerken.«

Die Frau nickte, presste den Hund fest an sich und trat zögernd in die Wohnung. Rulicik folgte ihr aufmerksam und Fromm kratzte sich nachdenklich am Kopf. Dann sah er die alte Frau an.

»Wie standen die Schwestern eigentlich zueinander?«

Vorsichtig wendete die Alte ihre geröteten Augen zu den Seiten und trat dann einen Schritt näher. Ihre geschwollenen Hände wrangen eine Weste, die dringend einer Wäsche bedurft hätte, und der Geruch nach altem Essen schwappte über ihn.

»Ich glaube, die beiden mochten sich nicht«, erzählte sie im Tonfall der Verschwörung. »Hierher kam sie so gut wie nie, aber im Institut dürften sie sich öfter gesehen haben. Die Frau Doktor hat was aufgebaut, war schwer genug, aber helfen wollte ihr ihre Schwester nie! Es ist nicht einfach, etwas so Großes wie das Institut von der Frau Doktor aufzubauen, und mit dem Geld der Schwester wäre das um vieles leichter gegangen. Aber die Schwester ist gehockt auf ihrem Geld wie eine Bruthenne. Sieht man ja, wie die angezogen ist! Nichts hat die hergegeben, nie hat sie geholfen. Die sitzt so auf ihrem Geld, dass sie sich nicht einmal ein Auto leistet. Ich glaube, die hat Millionen – und fährt mit der U-Bahn! Einmal hat sie sogar …«

Die beiden Polizisten kamen mit der Frau wieder aus der Wohnung und die Alte verstummte schlagartig. Fromm sah die Polizistin unmerklich den Kopf schütteln.

»Ich nehme Tinkerbell zu mir, Frau Novak«, erklärte die dunkle Schönheit und die Alte erging sich darüber, wie edel und freundlich das nicht war. Fromm erinnerte noch daran, die Sachen des Hundes nicht zu vergessen, verabschiedete sich von der Alten, die nervös an ihrer schmierigen Weste zupfte, und ging langsam nach unten. Während Tinkerbells neue Herrin versuchte, Futter und Spielzeug des Hundes in dessen Korb zu packen, waren die Polizisten bereits dabei, die Wohnung zu versiegeln. Fromm trat einstweilen vor die Tür in den Hof und sah sich langsam um. Sah die verwaisten Parkplätze an, betrachtete den Baum, der frustriert und fern der Sonne in der Steinschlucht vegetierte. Und die stummen Augen der Fenster. Reihe um Reihe, rundherum. Hoch und immer höher hinauf, bis nur mehr ein scharf umrissener Fleck vom milchig weißen Himmel blieb. Einem vieläugigen Monster gleich, in dessen Facettenaugen sich alles spiegelte und das doch nichts gesehen hatte. Selbst der Hausmeister, sonst eifrig darum bemüht, keines der Dramen zu verpassen, die sich in seinem Reich zutrugen, ließ sich nicht blicken. Ganz sicher würde er irgendwo lauern, aber finden würde ihn Fromm nicht. Also versuchte er es erst gar nicht.

Während er langsam durch die Innenhöfe schlenderte, versuchte er seine Gedanken zu ordnen.

Dafür, dass die Schwestern kaum Kontakt hatten, war der Hund der Toten erstaunlich zutraulich. Die Alte hatte von einem großen Institut gesprochen, tatsächlich waren es ein paar Räume in einem Altbau nur wenige Gassen weiter. Und der Verkauf von Nahrungsergänzungsmitteln reichte in Wien offensichtlich, um unter Nachbarn den Doktortitel zu erhalten. Aber dass die Schwester reich und geizig war, das konnte stimmen. Irgendwo in seinem Kopf begann sich eine alte Geschichte zu rühren. Rund zwei Millionen Menschen lebten in dieser Stadt, den meisten davon würde er nie begegnen. Aber manche kamen immer wieder zum Vorschein.

Er langte in seine Tasche und holte einen Packen Papier heraus, zog das Gummiband ab und begann zu blättern. Trotz aller modernen Technologie hatte er immer noch einen altmodischen Terminplaner, ein Notizbuch, vollgestopft mit Zetteln, Abrissen, Notizen und Hinweisen, das Jahre zurückreichte. Er besah sich seine Termine für den Tag und entschied, dass er noch Zeit genug hatte. Solange das Büro nicht neue Katastrophenmeldungen ausspie.

»Sollen wir dich mitnehmen?«

Fromm blieb stehen und wandte sich zu dem Polizeifahrzeug, das neben ihm angehalten hatte. Langsam schüttelte er den Kopf und sah irgendwo über das Fahrzeug hinweg.

»Danke, nein«, antwortete er. »Mir ist noch was eingefallen, was ich hier in der Gegend erledigen kann. Macht's gut.«

Damit winkte er gedankenverloren, ging auf die Straße hinaus und war weg. Die schönste Polizistin Wiens sah das Taxi für die Schwester der Ermordeten halten, sah ihrem Ex-Mann nach, seufzte dann tief und meinte zu ihrem Begleiter: »Wenn er diesen Blick hat, dann weiß ich, warum ich mich habe scheiden lassen!«

Aber Mister Chippendale auf dem Beifahrersitz brummte nur und konzentrierte sich wohlweislich auf die neuen Nachrichten in seinem Mobiltelefon.

Trotz aller Zuwanderung und städtebaulicher Maßnahmen sind die Stadtteile Wiens Dörfer geblieben. Dörfer, aus denen manche Bewohner nie hinaus kamen, nie hinaus wollten. Ihr Grätzl, wie die Wiener es nannten. Wobei ihm nie klar war, ob der Begriff nicht doch von Krätze kam. Markus Fromm ging nur ein paar Gassen weiter und sah zu einem Altbau auf, der vor Jahren sehr schön renoviert worden war, aber dessen Fassade bereits wieder eine Reinigung vertragen konnte. Das Kosmetikinstitut der Toten umfasste nicht nur das Büro und die Beratungsräume im ersten Stock, sondern auch ein kleines Ladengeschäft direkt an der Straße. Fromm betrat aber weder das eine noch das andere, sondern stapfte durch das weitläufige Stiegenhaus hinauf in den dritten Stock, suchte und läutete an einer der hohen, doppelflügeligen Türen. Es dauerte ein wenig, bis schwere Schritte sich näherten und das Glasfenster in der Tür geöffnet wurde. Durch die Gitterstäbe blitzte ihn eine ältere Frau mit struppeligen Haaren und Schnauzbart an.

»Was?«, bellte sie.

»Grüssiegott, Fromm vom Bürgerdienst. Ich wollte fragen, ob der Herr Toth zu Hause ist«, entgegnete er freundlich und fingerte automatisch seinen Ausweis aus dem Fach seiner Tasche.

Mürrisch betrachtete sie das kleine Kärtchen mit seinem Bild, noch unschlüssig, wie sie sich entscheiden sollte, als aus dem Hintergrund eine leise Stimme ertönte.

»Fromm? Aber ja doch, natürlich kommt er rein!«

Sie schien keineswegs begeistert, aber sie schloss das Fenster und öffnete dafür die Tür. Fromm kam durch eine düstere Küche und von dort in ein ebenso vollgestelltes Wohnzimmer. Kein freies Plätzchen schien es zu geben in dieser Wohnung. Überall standen Nippes und Erinnerungsstücke. Aber es war ordentlich und roch frisch gelüftet. Neben einem der hohen Fenster saß ein dürres Männlein in einem Rollstuhl, fast ganz verborgen unter Decken, und winkte dem Besucher freudig entgegen.

Fromm griff nach der Hand, die sich ihm entgegenstreckte und schüttelte sie vorsichtig. Eigentlich hatte er dabei das Gefühl, als müssten die zarten Knochen zersplittern. Aber der Mann lachte nur.

»Müssen Sie entschuldigen, dass ich nicht aufsteh«, lachte er. »Aber seit ich in Pension bin, bin ich faul geworden.«

»Sie sind Ihr Leben lang genug gestanden«, entgegnete Fromm der keineswegs ernst gemeinten Entschuldigung und setzte sich nach einer Handbewegung auf das Sofa daneben.

»Möchten Sie was trinken, Herr Magister? Einen Kaffee? Jelena, mach uns einen Kaffee!«

Fromm winkte ab und die ältliche Frau, die da unschlüssig unter der Tür stand, war offensichtlich nicht gerade begeistert, dass da jemand vom Bürgerdienst auftauchte.

Fromm verstand ganz genau, grinste und schüttelte den Kopf.

»Nein, bitte keinen Kaffee«, meinte er dabei. »Ich hatte nur hier in der Gegend zu tun und ich habe schon so oft versprochen, dass ich vorbeischau, und es nie geschafft. Also dachte ich mir, es wäre wirklich an der Zeit, mein Versprechen mal einzulösen. Außerdem hab ich ein wenig Probleme mit dem Magen. Nur, wenn ich ein Glas Leitungswasser bekommen könnt, Frau Jelena?«

Sie nickte und verschwand. Er selbst stand auf, machte eine beschwichtigende Handbewegung und folgte ihr. Sie stand an der Wasserleitung, ließ das Wasser laufen, damit es kühl wurde, und füllte ein Glas. Er trat zu ihr und fragte leise: »Wie geht es dem alten Haudegen?«

Sie sah ihn kurz an und wiegte dann den Kopf.

»Herr Toth immer viel lustig. Aber auch viel Schmerzen. Nicht gesund!«

Fromm nickte und schon ertönte die dünne Stimme aus dem großen Raum: »Hört auf zu flüstern, ihr beiden! Ich bin vielleicht halb tot, aber nicht schwerhörig.«

Fromm kam lachend mit dem Glas Wasser zurück und setzte sich wieder zu dem Mann im Rollstuhl. Sie blieb unter der Tür stehen und machte einen unschlüssigen Eindruck.

»Nu Jelena«, meinte der Alte endlich, »ich bin ja jetzt bestens betreut und Sie gehen heute eine halbe Stunde früher. Aufschreiben tun wir trotzdem die ganze Zeit. Und der da wird nix sagen!«

Fromm schüttelte den Kopf und hob abwehrend die Hände.

»Ich bin nicht im Dienst, und was jemand mit der mobilen Betreuung abrechnet, hat mich noch nie interessiert«, log er und sie glaubten es ihm. Während die Frau ihre Sachen zusammensuchte, noch die Medikamente für den Rest des Tages vorbereitete und das Geschirr wegräumte, unterhielten sich die beiden Männer über die Krankheiten des Alten, über die Wartezeiten in den Spitälern und die Unfreundlichkeit der Ärzte im Allgemeinen. Doch kaum hatte sie die Tür hinter sich geschlossen, als der alte Mann seinen spindeldürren Körper in dem Rollstuhl mühsam zurechtrückte und erwartungsvoll vorlehnte.

»Der Magister Fromm vom Bürgerdienst, der macht keine Anstandsbesuche, dazu hat er gar keine Zeit«, erklärte er rundweg. »Sie wollen doch was Bestimmtes. Geht's um die Hauskrankenpflege? Mit Jelena jetzt bin ich einigermaßen zufrieden. Im Geschäft, damals, da hätt ich sie rausgeschmissen, Kunden kann man so was nicht zumuten, aber ich bin so einiges gewöhnt! Sie hätten sehen sollen die beiden anderen, die sie mir vorher geschickt haben!«

Fromm kannte die beständigen Reibereien zwischen Betreuten und mobilem Pflegepersonal nur zu gut. Oft genug gab es Beschwerden von beiden Seiten. Und oft genug waren sie berechtigt. Auf beiden Seiten.

»Es geht um das Geschäft«, schüttelte er den Kopf. Denn es machte keinen Sinn, dem Alten etwas vorzumachen. »Sagt Ihnen der Name Julia-Augusta Morales noch etwas?«

»Natürlich«, meinte der und verzog das Gesicht. »Wie soll man sich an die Frau nicht erinnern? Tolle Haare hatte die! Die hat ja meinen Friseurladen gekauft und so einen Ramschladen für chemische Produkte gemacht daraus. Ich hab immer darauf geachtet, was ich meinen Kunden auf den Kopf schmier. Natur – so weit es möglich war. Und soweit wir davon Ahnung hatten, damals. Heute ist man in vielen Dingen klüger.«

»Ich bilde mir ein, dass es damals Probleme mit der Finanzierung gegeben hat. Ich bin mir aber nicht sicher, ob ich mich richtig erinnere.«

Der Alte runzelte die Stirn und blinzelte den um vieles jüngeren Mann unsicher an.

»Nein«, meinte er dann vage, »Probleme hatte ich nie mit ihr.«

»Aber sie hatte doch das Geld nicht für den Laden«, verdeutlichte Fromm, und in den Augen des Alten glomm Verständnis auf.

»Oh«, meinte er dabei, »Geld hatte die nie! Irgendwelche Gönner, die ihr unter die Arme griffen. Und was weiß ich wohin sonst noch. « Er lachte trocken und es glich mehr einem schmerzhaften Husten. »Für die alte Wohnung und das Geschäft hatte sie jedenfalls nicht genug.«

»Gab es da nicht eine Schwester mit Geld?«

Fromm beugte sich vor und spielte mit dem Glas in seiner Hand. Der alte Mann sah ihn aber nur verständnislos an. Nach einer Weile meinte er dann versonnen: »Die Schwester? Könnte schon sein, glaub ich, ja. Da war eine Frau! Die Blonde war immer zu laut, zu schrill. Immer Bluse zu weit offen. Die Schwester war immer still. Ja, wunderschön, toller Körper. Aber ganz still und ruhig. Und jeder Mann wusste, wenn richtiger Moment, dann ist die nicht zu halten, viel mehr Leidenschaft als Schwester. Stille Schwester ist zu allem fähig, wenn Leidenschaft richtig brennt. Aber auch arm wie Kirchenmaus. Aber eine Erbschaft gab es da!« Ein dürrer Finger stach durch die Luft. »Ja, eine Erbschaft!«, erinnerte sich der Alte. »Viel Geld für beide Schwestern. Geld von der Großmutter. Und nicht nur das. Wahr wohl eine böse Geschichte, gab einiges an Aufregung, damals. So kam sie damals zu Geld. Der Preis war trotzdem nicht in Ordnung, aber was sollt ich machen? Konnte ich nicht mehr arbeiten. Und besser Spatz in Hand als Taube, wo scheißt dir auf Kopf.«

Wieder schien der Alte zu lachen und wieder schien es dem Besucher eher wie ein Anfall von Schmerzen. Fromm stellte das Glas weg und überlegte, ob er etwas machen konnte. Aber der alte Mann fing sich allmählich wieder und trank ein paar Schluck von dem Tee, der neben ihm stand und der ihm offensichtlich überhaupt nicht schmeckte. Aber er schien Linderung zu bringen.

»Was ist mit der Morales? Warum fragen Sie jetzt?«

»Man hat sie ermordet«, erklärte Fromm trocken. Spätestens morgen würde es der Alte sowieso in der Zeitung lesen. »Und die Polizei verdächtigt jetzt einen Jungen, den ich betreue. Also interessiert mich die Sache.«

So einfach war das nicht. Warum bohrte er wirklich nach? Warum konnte er seine Nase nie aus den Angelegenheiten anderer Leute lassen?

Wieder hustete der alte Mann erbärmlich und verlangte heiser nach den Tabletten auf dem Tisch und einem Glas Wasser. Fromm brachte ihm beides und sah dann zum Fenster hinaus, während der Mann im Rollstuhl versuchte, sich zu fangen.

Weit sah man nicht in der engen Seitengasse. Die Fenster gegenüber gerade mal. Gardinen, ein paar vertrocknete Pflanzen. Einen Stock darüber hatte jemand bunte

Zeichnungen an die Scheiben geklebt. Wahrscheinlich das Kinderzimmer oder die Küche. In Gedanken fuhr er mit dem Finger in den noch engen Kragen des neuen T-Shirts.

Warum interessierte er sich wirklich für diese Sache? Der Junge war aus dem Schlamassel heraus, zumindest was die Polizei anging. Das Opfer kannte er nicht. Warum steckte er seine Nase wirklich in diese Dinge? Hatte Brolli doch recht und litt er einfach unter krankhafter Neugier? Das würde einiges erklären. Vieles sogar in seinem Leben.

Ein Geräusch schreckte ihn aus seinen Gedanken hoch und er ging zu seiner Tasche, um das stumm vor sich hin vibrierende Mobiltelefon herauszunehmen. Es verkündete ihm stolz, dass er bereits drei Anrufe in Abwesenheit gehabt hatte. Und vibrierte nachdrücklich weiter.

»Meine Chefin«, erklärte er schulterzuckend und der Alte nickte nur verständnisvoll.

Eine Weile hörte Fromm nur zu. Er kannte die Monologe über seine Eigenmächtigkeit, seine Unerreichbarkeit, seinen mangelnden Teamgeist und wie schwer er ihr das Leben nicht machte. Er wusste auch, dass jede Entgegnung oder Erklärung sinnlos war und die Standpauke nur verlängerte. Nur als sie ihn sofort zu sich befahl, erinnerte er sie an seine noch offenen Termine an diesem Tag, und sie gab sich damit zufrieden, dass er eben danach bei ihr vorbeikommen sollte.

Nicht ohne vorher den Klingelton wieder aktiviert zu haben, steckte er das Mobiltelefon wieder in die Tasche.

Der alte Mann am Fenster hatte sich inzwischen gefangen und sah ihm zu.

»Ich werde dann wohl mal wieder«, meinte Fromm und schulterte seine Tasche. Er gab dem Alten vorsichtig die Hand und der sah ihn erwartungsvoll an.

»Und? Werden Sie was machen?«

»Wie meinen Sie das?«, runzelte Fromm die Stirn.

»Na, wegen der Kubaner.«

Fromm blinzelte und verstand nichts. Er blickte überrascht auf den erwartungsvollen Alten und öffnete die Hände.

»Ich habe nicht die leiseste Ahnung, wovon Sie reden«, gestand er und der Alte schüttelte sich missmutig.

»Na, die Erbschaft!«, erklärte er. »Das war doch damals eine riesige Sache. Nicht wegen dem Geld, wegen der Papiere. Ich weiß das, weil der Anwalt damals war mein Kunde«, zwinkerte der Alte verschmitzt. »So wie ich war sein Kunde. Bleibt das Geld im Kreislauf. Reden Sie mit Doktor Bartok, der kann Ihnen sicher nette Geschichte darüber erzählen. Er hat noch lange nachher darüber geredet. Immer wieder.«

»Bartok?«, meinte Fromm ernüchtert. »Den habe ich heute Vormittag bei Gericht getroffen. Ich glaube nicht, dass der im Augenblick viel mit mir reden wird.«

Für einen Atemzug sah ihn der Alte überrascht und verwirrt an, dann schüttelte er wieder energisch den Kopf.

»Nein, jetzt bei Gericht, das muss der Bub gewesen sein, der junge Bartok. Ich meine den Vater, hat die Kanzlei vor einigen Jahren übergeben! Den Doktor – der

Sohn ist nur Magister! Sie müssen reden mit dem alten Doktor!«

Der Rest des Tages gestaltete sich für Magister Markus Fromm vom Bürgerdienst der Stadtgemeinde Wien so unerfreulich wie dies nur sein konnte. Bei einer Delogierung von sieben Personen aus einer Wohnung mit 32 Quadratmetern musste er vermitteln, was dadurch erschwert wurde, dass keine der sieben Personen deutsch sprach und darüber hinaus auch noch zwei behinderte Kinder dort lebten, von denen niemand eine Ahnung gehabt hatte. Während die Bewohner heulten und gestammelt versuchten sich verständlich zu machen, versprachen, die Miete zu zahlen, sobald es ihnen möglich wäre, und doch auch klagten, dass weder Wasser noch Heizung funktionierten, knurrten die Vertreter der Hauseigentümer, scharrten Polizisten und Räumungsdienst mit den Füßen und erwarteten alle von ihm, dass er eine Lösung des Problems aus dem Hut zaubern würde. Zumindest nahm Fromm das an. Es waren die Polizisten, die ihn aus dem Dilemma erlösten, indem sie erklärten, ganz sicherlich keine Behinderten ohne ausdrücklichen richterlichen Beschluss aus einer Wohnung zu zerren. Und genau genommen wollten sie alle nur raus aus dem Haus, weil sie befürchteten, dass die Ruine jeden Augenblick zusammenkrachen konnte.

Kaum waren sie wieder auf der Straße, wurde der Pulk von aufgeregten Nachbarn auch schon ins nächste Haus gelotst. Dort, in einem Kellerabteil, war seit Tagen jämmerliches Kläffen zu hören. Die Besitzer waren offensichtlich für längere Zeit verreist. In das Kellerabteil gingen die Nachbarn aber nicht mit hinein, nachdem die Polizisten es geöffnet hatten. Zu abstoßend war der Gestank nach Kot, Urin und verfaultem Fleisch. Es war nicht klar, ob die Hündin erst geworfen hatte, nachdem sie im Keller entsorgt worden war oder ob sie ihre Jungen schon vorher hatte. Jedenfalls zählte Fromm mit einem schnellen Blick fünf oder sechs kleine Fellknäuel, die leblos herumlagen. Zwei verkrochen sich bei der Mutter, die aber nicht mehr die Kraft hatte, den Kopf zu heben. Fromm entdeckte zwei leere Schüsseln und er entdeckte, dass sowohl die leblosen Fellknäuel als auch die Hinterläufe der Hündin angenagt waren. Dann drehte sich auch ihm der Magen um. Trotzdem ging er noch einmal zurück, nachdem er die Tierrettung informiert hatte. Jemand hatte eine der Schüsseln mit Wasser gefüllt, aber das Muttertier war zu schwach, um sich zu bewegen. Also schöpfte er mit der hohlen Hand für sie heraus. So lange es sein Magen aushielt.

Bis in die kahlen, hohen Büroräume der Magistratsabteilung 55 schien ihn der Geruch des Kellerabteils noch zu verfolgen, während er versuchte seiner Teamleiterin zuzuhören und sich wieder einmal fragte, wie man von einem Team sprechen konnte, wenn jeder von ihnen da draußen auf sich allein gestellt war. Gerade eben versuchte sie ihn wieder davon zu überzeugen, dass sie doch alle eine Familie waren, ein Team. Man konnte sich aufeinander verlassen. Man musste sich aufeinander verlassen können. Und dass da keiner ausscheren konnte und Alleingänge machen. Weil jeden auch das betraf, was der andere machte.

Währenddessen rutschte sie bei ihrer Ansprache mit ihrem breiten Hinterteil auf dem Bürostuhl herum, als wollte sie nicht nur Fromm, sondern auch den Stuhl unter sich zerquetschen. Oh, sie war gut. Die Schulungen zeigten Wirkung und Fromm fühlte sich wirklich schuldig, weil er zu viel Arbeit auf sich lud, weil er die Kollegen und Kolleginnen dumm dastehen ließ, weil er seine Kompetenzen wieder und wieder überschritt, weil er mit seinen Gedanken immer und immer mehr abwich. Hätte sie ihren Vortrag nach fünf Minuten beendet, dann hätte er vielleicht seine Wirkung erzielt. Möglich wäre es gewesen. Doch je länger sie redete, desto mehr zog er sich zurück, wurde unempfänglicher und schweiften seine Gedanken ab. Zu der Tochter des serbischen Hausmeisters und ihrem türkischen Freund. Zur Ermordeten, deren Schwester und dem kleinen Hund. Zu seinem alten Schulfreund Brolli, neben dem er offensichtlich seit Jahren her lebte, den er aber nie wieder gesehen hatte, seit das Studium sie in verschiedene Richtungen geführt hatte. Und zu den Bartoks, Vater und Sohn, Doktor und Magister. Er hatte wohl auch schon mit dem Vater zu tun gehabt, da war er sich ziemlich sicher. Aber lange war das her. Und irgendwie hatte er ein gutes Gefühl gehabt, damals. Nur, was um alles in der Welt meinte der alte Friseur mit den Kubanern?

Hatte sie ihn eben etwas gefragt?

Nein, es war keine wirkliche Frage gewesen. Er murmelte ergeben, dass er verstanden hätte, und machte, dass er aus dem Büro kam.

Es war schon kurz nach 20 Uhr, als Fromm durch den Rathauspark ging, um zu einer Station der U-Bahn zu kommen. Viel zu viele Menschen waren unterwegs. Denn die Luft war noch lau und es war einer der letzten Abende des Filmfestivals vor dem Rathaus. Von der riesigen Leinwand dröhnte eine Opernarie, die Fromm nicht einordnen konnte, und von der Fressmeile davor versuchte vielstimmiges Gemurmel, die Spitzen der Musik abzuschwächen. Den Menschen auf den Parkbänken war das zumeist egal. Sie waren entweder wegen der Musik gekommen oder wegen der Speisen und Getränke oder nur wegen der Menschen. Sie lustwandelten ziellos oder sie unterhielten sich oder sie saßen nebeneinander und schwiegen sich an. Doch irgendwie wirkte das ganze belebte Bild idyllisch. Im dämmrigen Licht des Abends unter Bäumen, getragen von ferner klassischer Musik lebten die Menschen für einen Augenblick gedankenlos und enthoben ihrer alltäglichen Sorgen. Jede Betriebsamkeit schien von ihnen abgefallen. Dieses Bild mussten Migranten vor Augen haben, wenn sie sich zusammenquetschten, um sich auf Leben und Tod ihren Schleppern auszuliefern. Das Bild der vorderen Reihen. Denn Fromm sah auch die Bänke weit hinten, wo sich ganze Familien, mit ihrem Hab und Gut in Reisetaschen, drängten. In den Büschen, versteckt im Halbdunkel, sicherten sie sich allein oder in einer Gruppe einen Schlafplatz. Dass es mehr Arme gab, als das Land unterbringen konnte, oder unterbringen wollte, davon erzählten die Schlepper nichts. Zumindest Markus Fromm streifte kurz dieser Gedanke, aber ansonst schritt er durch die Menschenmenge, ohne groß zu überlegen. Als hätten sich die drängenden Gedanken auch von ihm für kurze Zeit zurückgezogen. Wie schon so oft in der letzten Zeit fühlte er sich müde und ausgebrannt. Irgendwie war er fehl am Platz, obwohl ihm durchaus bewusst war, dass seine Arbeit wichtig war, Sinn machte und er gebraucht wurde. Aber er war nur der sprichwörtliche Tropfen auf dem heißen Stein. Sehr viel mehr müsste getan werden. An allen Ecken und Enden bröckelte und rieselte es, krachte es im Gebälk des staatlichen Gebäudes, in der Gesellschaft. Zwischen den Menschen zeigten sich die Risse ebenso wie zwischen den Institutionen. Zwischen den Nationen wie zwischen den Nationalitäten. Und er stand ganz vorne, an der Front, wie sie es nannten. Und da war kein Licht, weil kein Ende des Tunnels abzusehen war.

Es benötigte noch einen weiteren Augenblick, bis ihm bewusst wurde, dass er tatsächlich seinen Namen gehört hatte. Als er ihn nochmals vernahm, sah er sich um. Ein älterer Mann kam auf ihn zu. Sportlich, aber teuer gekleidet, in der einen Hand einen Stock und am anderen Arm eine Dame, die ebenfalls sehr gut gekleidet, aber um Wesentliches jünger schien. Fromm sah den beiden erwartungsvoll entgegen und erinnerte sich dabei, den Mann am Morgen in der Gerichtsverhandlung gesehen zu haben. Publikum war nicht so zahlreich bei den tausenden kleinen Prozessen und da war dieser Mann aufgefallen.

Der löste sich von seiner Begleitung und reichte Fromm nun die Hand. Dabei meinte er: »Na, wenn das nicht Schicksal ist! Zuerst sehe ich Sie bei der Verhandlung, dann ruft mich der alte Toth an, um mir zu sagen, Sie würden sich bei mir melden – und jetzt laufen Sie mir gleich noch einmal über den Weg.«

Er redete weiter, stellte seine Lebensgefährtin vor, und Fromm überlegte mit wachsender Verzweiflung, wer dieser Mann denn war. Erst als er erzählte, sie kämen eben aus dem Café Landmann, wo sie die Niederlage seines Sohnes gefeiert hätten, begriff Fromm und verstand gleichzeitig nichts mehr.

»Entschuldigen Sie, Doktor Bartok, habe ich das richtig verstanden, Sie haben die Niederlage Ihres Sohnes – gefeiert?«, fragte er verwirrt nach. Der Mann im hellen Anzug lachte und zeigte strahlend künstliche Zähne.

»Solange ich Rechtsanwalt war, da war ich sicherlich keiner von den freundlichen. Aber es gab einen Ehrenkodex. Und an den hatte man sich zu halten. Das taten natürlich nicht alle, aber man wusste immer, was man von seinem Gegner zu halten hatte. Mein Herr Sohn hat es vorgezogen, auf die Seite der Aasgeier zu wechseln. Heute gehört er zu jener Sorte von Rechtsverdrehern, mit der ich mich zu meiner Zeit nicht mal auf derselben Straßenseite gezeigt hätte. Ich habe doch darauf bestanden, dass er Jura studiert. Aber inzwischen glaube ich, der Menschheit wäre ein größerer Dienst erwiesen worden, wenn er Autohändler geworden wäre. Und wenn er heute einen ordentlichen Rüffel bekommen hat – und das hat er –, dann kann das im besten Falle lehrreich für ihn sein. Was ich hoffe, aber zutiefst bezweifle. War scheinbar nicht umsonst, dass die Frau Richter bei mir ein Praktikum gemacht hat.«

Seine Begleiterin wollte etwas sagen, aber seine Beredsamkeit hatte wohl auch schon früher keine Unterbrechungen geduldet. Stattdessen drückte er ihre Hand und wies mit dem Stock auf eine leere Parkbank.

»Mein Schatz«, meinte er dabei, »ein alter Mann wird sich jetzt ein wenig hinsetzen und ein paar Takte mit Magister Fromm plaudern. Und weil das so gut passt, dort vorne an dem ersten Stand gibt es tolle Mojitos. Könntest du so lieb sein und uns zwei bringen? Und für dich, was du möchtest.«

Für einen kurzen Moment überlegte sie einen Einwand, dann lächelte sie, nickte und wandte sich um. Einen Augenblick lang sahen ihr die beiden Männer nach und waren sich wortlos darüber einig, dass frau auch über fünfzig noch eine bemerkenswerte Figur haben konnte.

»Diese jungen Dinger bringen mich irgendwann noch mal um«, grinste Bartok, doch Fromm hob nur eine Augenbraue, setzte sich und wartete ab. Der Mann setzte sich neben ihn, ließ sich vielmehr schwer auf die Bank fallen und faltete die Hände über den Knauf des Gehstocks. Dabei sah er wieder zu den Ständen hin und schien in Gedanken abwesend.

»Ja«, meinte er endlich, »Mojito ist nicht unpassend. Cuba Libre hätte es auch getan.«

Fromm wollte etwas sagen, aber der alte Rechtsanwalt kam ihm zuvor.

»Eine von den Morales-Schwestern ist getötet worden, habe ich gehört?«

»Julia-Augusta Morales«, bestätigte Fromm und verriet damit nichts, was nicht auch schon in den Nachrichten gekommen wäre. »Erschlagen mit einem Baseballschläger. Und die Polizei tappt ziemlich im Dunkeln. Ein Junge hat sie gefunden, und weil es mit dem schon mal Probleme gegeben hat, bin ich in die Sache reingeschlittert.«

Bartok betrachtete seine Hände.

»Baseballschläger«, nickte er, »das klingt eher nach rechter Szene. Die Kubaner hätten das Messer genommen. Und die Amerikaner hätten sie einfach verschwinden lassen.«

»Warum sollte der Frau überhaupt jemand etwas tun? Warum Kubaner? Und warum Amerikaner?!«

»Wissen Sie eigentlich, wer diese Schwestern sind?«

Fromm hob die Schultern und öffnete fragend die Hände.

»Sagt Ihnen der Name Gerardo Machado y Morales etwas?«, fragte der alte Rechtsanwalt nach, und noch bevor Fromm etwas antworten konnte, begann er schneller zu sprechen. Seine Begleiterin kam mit vollen Händen langsam aus der Menge heraus.

»Der alte Machado y Morales war der Großvater der beiden. Und bis 1933 Präsident von Kuba. Als die Mutter der beiden starb, stellte sich heraus, dass es da auch noch eine Erbschaft der Großmutter gab. Der Frau des Präsidenten! Ein Schließfach in der Schweiz. Ich habe damals durchgesetzt, dass den Schwestern auch diese Erbschaft zuerkannt wurde. Halböffentliche Stellen aus Kuba und den USA versuchten damals Druck auf die schweizerischen Behörden auszuüben, aber schlussendlich bekamen die Schwestern die Eigentumsrechte an dem Schließfach. Was es wirklich enthalten hat, habe ich allerdings nie erfahren.«

»Gold, Schmuck, Wertpapiere«, schlug Fromm vor.

»Wahrscheinlich. Möglicherweise aber auch irgendwelche Tagebücher oder andere Dokumente. War eine verrückte Zeit, so vor 100 Jahren. Jedenfalls hatten beide Schwestern plötzlich weit mehr Geld, als eigentlich in der Erbschaft war. Die eine kaufte sich einen Kosmetikladen, die andere stieg ins Investmentgeschäft ein. War ja auch schließlich die, die studiert hatte. Jetzt ist die Reiche noch reicher und die Schöne ist tot.«

Fromm stand auf, um der Frau die Getränke abzunehmen.

»Komme ich zu früh?«, fragte sie ihn mit einem schelmischen Lächeln und er schüttelte den Kopf. Trotzdem ging ihm der letzte Gedanke des Rechtsanwaltes nicht aus dem Sinn. Allmählich bekam die ganze Sache ein paar lose Fäden, an denen man ziehen konnte. Aber er war sich ziemlich sicher, dass er diese Sache nur noch mehr verwirren würde. Und verworren war das Ganze schon genug. Zumindest für ihn. Also nahm er erst mal einen kräftigen Schluck.

Es war wirklich nicht mehr als ein dummer Zufall, was Fromm am nächsten Tag in die Nähe der Wohnung der Ermordeten brachte. Eigentlich hatte er sich über Nacht geschworen, dass er nichts mit der Sache zu tun haben wollte. Einerseits hatte er bei der Geschichte kein gutes Gefühl. Andererseits war er mit seiner eigenen Arbeit schon genug ausgelastet. Es war gestern nicht bei dem einen Drink geblieben, auch wenn Dr. Bartok und seine Lebensgefährtin bald gegangen waren. So zog er brummig die Schultern zusammen und die Kappe tiefer in die Stirn. Über Nacht war die Temperatur um mehr als zehn Grad gefallen, jetzt zogen graue Schwaden über den Himmel und bescherten den Menschen unergiebigen, aber umso lästigeren Nieselregen.

Er bemerkte, dass etwas weiter ein Wagen stehen blieb und ein Mann ausstieg, aber er schenkte dem keine Beachtung. Seine Gedanken waren längst bei seinen nächsten Fällen. Er konnte sich darauf verlassen, dass ihm die Arbeit niemals ausging. Und dass sie nicht einfacher wurde. Streitende und unzufriedene Menschen würde es immer geben. Nur die Möglichkeiten zu helfen wurden merklich weniger.

»Stimmt es also, dass es den Täter immer wieder zum Tatort zurückzieht?«

Fromm wandte sich dem Mann zu, der neben ihm stehen geblieben war, und antwortete fürs Erste nicht. Er besah sich die glänzenden Schuhe und den eleganten Trenchcoat. Unwillkürlich versuchte er, seine zerknitterte Outdoorjacke glatt zu streichen, und schämte sich dieser Bewegung im gleichen Augenblick.

Major Brolli erwartete offensichtlich auch keine Antwort. Sein glatt rasiertes Gesicht lächelte nicht, als er die Straße hinuntersah und dem jungen Polizisten bei dem Wagen ein Zeichen gab, dass er sich setzen und warten solle.

»Morgen«, brummte Fromm endlich und kratzte sich hinter dem Ohr.

»Es ist fast zehn«, erklärte der kräftige Mann. »Ich treffe mich gleich mit einem Mitarbeiter der Morales in deren Wohnung. Hast du Lust mitzukommen? Hast du was Neues für mich?«

»Lässt du mich überwachen?«

Auch wenn sein Magen nicht so schon flau gewesen wäre, hätte ihn diese unerwartete Begegnung verstimmt. Aber Brolli lachte nur laut über den guten Witz und setzte sich in Bewegung. Automatisch folgte ihm Fromm.

»Eigentlich will ich gar nicht«, brachte er dann endlich hervor. »Ich habe so schon genug zu tun. Meine Chefin sitzt mir im Nacken und die Kunden werden immer verrückter. Ich sollte mich wirklich raushalten. Zumal es mich auch überhaupt nicht mehr betrifft.«

Sie gingen durch die Einfahrt mit dem offenen Tor, und da war niemand, der sie aufgehalten oder sich dafür interessiert hätte, wohin sie wollten. Brolli sah sich zwar kurz um, ging dann aber weiter.

»Unser Doktor Gül hat mich gestern angerufen und mich gefragt, warum ich den kleinen Türken hab laufen lassen.«

Fromm schloss auf und fragte: »Was will er von dem Kleinen?«

»Du kennst doch meinen Chef. Er ist der Meinung, der Kleine ist ein Türke, also wird er schon was ausgefressen haben. Und wenn wir ihm einen Mord in die Schuhe schieben können, dann sind wir einen Fall los und er ist von der Straße.«

»Ich habe schon von eurem Doktor Gül gehört«, meine

Fromm vorsichtig und dachte an die Geschichten, die ihm seine Exfrau und ihr Partner erzählt hatten. Besonders auf Rulicik schien er ein scharfes Auge zu haben. »Man sagt, er brüstet sich damit reinrassiger Arier zu sein. Und das bei dem Namen!«

Brolli warf einen langen Seitenblick zu seinem ehemaligen Schulfreund und brummte: »Sagt man so? Glaub es, und du weißt gerade mal die Hälfte.«

Im dritten Hof erwartete sie ein Mann im schwarzen Lackmantel mit eng anliegenden schwarzen Haaren und dünnen Beinen in engen schwarzen Hosen. Nur seine Schuhe waren mehr schmutzig als schwarz. Aufgeregt warf er seine Zigarette weg und zertrat sie. Offensichtlich nicht seine Erste.

Brolli marschierte schnurstracks auf ihn los und nickte.

»Herr Rosenbaum-DelAngelo?«

Verwirrt schüttelte der dünne Mann die dargebotene Hand und stammelte: »Nur DelAngelo bitte. Das ist mein Künstlername. Mit Rosenbaum bekommt man als Stylist keinen Job. In Hollywood vielleicht, aber nicht hier.«

Brolli lachte, nickte und machte sich nicht die Mühe, Fromm vorzustellen. Stattdessen kramte er einen Schlüsselbund aus der Tasche und öffnete die Eingangstür.

Die Wohnung war düster und stickig. Fromm konnte den Geruch nicht einordnen. Ein wenig Parfüm, ein wenig Hund, eine eigenartige Mischung. Vielleicht der letzte Hauch einer verwesenden Leiche. Aber nein, sie war ja im Hof getötet worden. Die Wohnung konnte nicht nach ihr riechen, schalt sich Fromm. Und machte sich dann nützlich, indem er die Rollos hinaufzog und Licht in die Räume ließ.

Während der Stylist vom Polizisten durch die Räume getrieben wurde, immer wieder befragt, ob er etwas entdecken könne, was anders als sonst gewesen wäre, besah sich Fromm ebenfalls noch einmal die Wohnung und erkannte, dass sie ganz besonders aufgeräumt wirkte. Vielleicht empfand er es auch einfach nur so, nach seiner eigenen Unordnung. Aber irgendwie wirkte die Wohnung auf ihn, als hätte jemand ganz bewusst Ordnung gemacht. Wie, wenn Besuch erwartet wurde oder vor einer Reise. Alles wirkte so ordentlich und perfekt. Und so, als käme die Besitzerin jeden Augenblick zurück.

Der Rundgang war schnell beendet. Denn offensichtlich war alles an seinem Platz, auch wenn der dünne Mann einschränkte, dass er nicht oft hier gewesen war und somit wenig Vergleich hatte.

Fromm wartete im Vorraum und betrachtete wieder die großen Portraits der Verstorbenen. Während Brolli noch einmal und allein durch die Räume schritt und das Ganze auf sich wirken ließ, trat der Stylist zu Fromm und betrachtete ebenfalls die Bilder.

»Und am Ende«, seufzte er dann, »war es ihr Meisterstück.«

Verwirrt blinzelte Fromm und sah zu dem dünnen Mann ein wenig hinauf.

»Wie – wie meinen Sie das?«

Jetzt war es an dem Stylisten, überrascht zu sein.

»Na, ihre Augen!«

Dann begriff er, dass er einem unwissenden männlichen Laien gegenüberstand, seufzte noch einmal tief über so viel Ignoranz und zeigte dann auf das rechte Bild.

»Die Augen«, sagte er noch einmal. »Sie war wirklich eine Meisterin, was Augen anbelangt. Nichts ist schwieriger als Augen. Und dann noch es selbst zu machen. Wenn man sich selbst schminkt, dann sieht immer eine Seite ein wenig anders aus als die andere. Weil ein Mensch eben Rechts- oder Linkshänder ist. Sie war so perfekt, dass man kaum einen Unterschied bemerkte. Sehen Sie, hier auf dem Bild, der rechte Lidstrich, diese ganz kleine, kaum merkbare Unregelmäßigkeit! Darum werden Models immer von uns Stylisten geschminkt. Sie dagegen machte es immer selbst. Und es war so gut wie perfekt.«

»Ja«, nickte jetzt Fromm, »ein Meisterstück.«

Aber der dünne Mann schüttelte energisch den Kopf.

»Doch nicht das hier! Ihr letztes Make-up! Ich musste sie doch identifizieren – und sie sah – wirklich schrecklich – aus – das – das werde ich nie im Leben vergessen!« Er schluckte schwer und es schüttelte ihn wieder wie in der kühlen Kammer mit den weißen Fliesen. »Aber die Augen – die Augen waren perfekt! Ohne Fehler! Makellos!«

»Hat sie sich eigentlich immer so aufwendig geschminkt, wenn sie laufen ging?«

Brolli war zu ihnen getreten und hatte dem Gespräch interessiert gelauscht. Jetzt schüttelte der dünne Mann im schwarzen Mantel den Kopf und grinste erstmals.

»Nein, Sie verstehen das falsch«, erklärte er, »es ging nicht darum, was sie vorhatte zu tun. Sie hat sich immer perfekt geschminkt, egal, was sie getan hat. Sie war ihr eigenes Markenzeichen. Und sie war ihre beste Werbung. Egal ob sie zu einer Filmpremiere eingeladen war oder laufen ging oder vielleicht nur ums Eck, um eine Schachtel Zigaretten zu kaufen – sie konnte es sich einfach nicht leisten irgendwo ungeschminkt gesehen zu werden!«

»Und ihr Meisterstück hat sie am Tag ihres Todes vollbracht«, setzte der kräftige Mann in dem hellen Trenchcoat leise hinzu und schüttelte den Kopf.

Fromms Mobiltelefon machte sich bemerkbar, und während er abnahm und zuhörte, verließen die drei Männer die Wohnung, versperrten sie wieder und gingen zurück in den Hof und in den Nieselregen. Der dünne Stylist verabschiedete sich schnell und ohne Bedauern, winkte Fromm, der immer noch telefonierte, nur zu, und verschwand, während Brolli dastand und abwartete. Endlich nahm Fromm das Telefon vom Ohr und steckte es in seine Tasche zurück.

»Ich muss weg«, meinte er dabei und Brolli nickte nur. Gemeinsam machten sie sich auf den Weg aus dem Gebäudekomplex. Nach ein paar Schritten meinte Fromm endlich: »Wasserrohrbruch am Lerchenfelder Gürtel. Abgesehen davon, dass jetzt mitten unter der Woche eine Hauptverkehrsstraße gesperrt wird, sind über tausend Wohnungen ohne Wasser. Das gibt eine ganz nette Aufregung.«

Wieder nickte Brolli und schien in Gedanken ganz

woanders zu sein. So schwiegen sie, bis sie vor dem Gebäude wieder auf der Straße standen.

»Soll ich dich mitnehmen?«

Fromm war überrascht von dem Angebot, schüttelte aber den Kopf. Trotzdem machte der Mann im Trenchcoat keine Anstalten zu gehen.

»Hast du was für mich, Markus?«, fragte er endlich und Fromm atmete tief durch. Sah zu dem Wagen und dem jungen Polizisten hinüber, der sie angestrengt beobachtete. »Du hast dich doch sicherlich ein wenig umgehört. Auch wenn du nicht wolltest.«

Fromm schüttelte verwundert den Kopf und grinste.

»Ist schon blöd, wenn man so durchschaubar ist«, meinte er, wurde aber gleich wieder ernst. »Nur, dass außer dem Gerede von alten Männern nichts dabei herausgekommen ist. Alles uralte Geschichten. Von einer Erbschaft, mit der die beiden Schwestern zu Geld gekommen sind. Da gab es irgendwie Aufregung, weil dabei ein Schließfach ihrer Großmutter entdeckt wurde, und die wiederum war mit einem kubanischen Präsidenten der Zwischenkriegszeit verheiratet. Genaueres weiß aber niemand. Nur, dass die beiden Schwestern nachher einiges an Geld hatten. Die eine hat sich ein Kosmetikstudio eingerichtet und die andere hat das Geld wohl veranlagt. Die Tote dürfte mit dem Geld offensichtlich nicht so gut umgegangen sein wie die Hinterbliebene. Aber das sind alles nur Gerüchte. Alte Geschichten, Mutmaßungen. Nichts wirklich Konkretes.«

»Das Institut ist ziemlich überschuldet. Die Schwester dagegen hat ein abgeschlossenes Wirtschaftsstudium und ist als Anlageberaterin selbstständig«, erklärte Brolli freimütig. »Und sie dürfte nicht schlecht darin sein, wenn man sich so umhört.«

»Sieht nicht aus, als hättest du viele Motive zur Auswahl.« Fromm zog die Jacke enger und setzte die Kappe wieder auf. »Und wenn es sich irgendwie machen lässt – halt mich aus dem Fall heraus. Ich habe wirklich genug zu tun und mein Gefühl sagt mir, dass dabei nichts Gutes herauskommt.«

»Dann sind wir schon zwei«, brummte Brolli und meinte dann: »Rulicik hat mir erzählt, du lebst in einer umgebauten Tankstelle. Ist sehr engagiert, der junge Mann.«

»Ja«, lachte Fromm, »er will unbedingt zur Kripo, da ist jedes Mittel recht. Hat er Chancen?«

»Ganz gute. Und als Werbefigur für den uniformierten Dienst kann er nebenbei immer noch arbeiten.«

»Und die Fromm?«, wollte Fromm vorsichtig wissen.

»Da sehe ich eher was in der Öffentlichkeitsarbeit« antwortete Brolli freimütig. »Du weißt schon, Pressemeldungen und so. Die brauchen immer jemanden, der was hermacht. Andererseits, wir haben bei Weitem Schlimmeres in der Kripo. Also, warum nicht.«

»Na ja«, brummte jetzt Fromm, »reden ist nicht so ihre Stärke.«

»Was so einige Fragen in Bezug auf dich aufwirft. Du warst immer eher vom intellektuellen Typ angezogen. Vielleicht besuche ich dich ja mal. Wenn ich Zeit hab.«

Fromm sah seinem ehemaligen Schulfreund an und bemerkte, dass er dank seiner schlechten Haltung jetzt ein wenig nach oben sehen musste. Etwas an diesem Mann beschämte ihn beständig.

»Ein alter Schulfreund ist immer willkommen«, meinte er dann und winkte mit der Hand. »Servus«, meinte er, während er sich abwandte und die Straße hinuntereilte.

»Servus«, antwortete Brolli endlich leise, bevor er zu seinem Wagen und seinem Fahrer zurückging. Offensichtlich wartete der junge Kollege auf ein erklärendes Wort, aber der kräftige Mann stand nur stumm neben dem Wagen und sah die Straße hinunter. Endlich raffte er seinen Mantel zusammen und setzte sich in den Wagen. Sofort folgte der junge Polizist, startete und sah seinen Vorgesetzten aufgeregt an.

»Soll ich ihm folgen?«

Überrascht blinzelte Brolli und überlegte dann noch einen kurzen Augenblick.

»Nein«, entschied er das Offensichtliche. »Sieht aus, als hätte ich mich getäuscht. Also versuchen wir was anderes«, brummte er und nagte an seiner Lippe. Der Polizist wollte den Wagen schon wieder abstellen, als sich sein Vorgesetzter an ihn wandte.

»Die Schwester wohnt doch im Dreizehnten, fahren Sie mich zu dem Posten dort.«

Das Stadtpolizeikommando für den 13. Wiener Gemeindebezirk lag in einer kleinen Seitengasse eines Platzes mit Blick auf den gegenüberliegenden Park, dessen Sträucher aber jede Sicht auf ein dahinter befindliches Freibad nahmen. Viel Bewegung war an diesem Tag weder im Park noch im Freibad. Der Nieselregen hatte zwar inzwischen aufgehört, aber dunkle Wolkenberge zogen schnell über den Himmel und nahmen den Menschen nach den warmen Tagen die Lust.

Brolli faszinierte wie immer die schwere Panzertür mit dem schussfesten Glas, hinter dem sich seine Kollegen verbargen. Wie jedes Mal, wenn er eine Polizeidienststelle betrat, fragte er sich, was wohl geschehen würde, wenn jemand verfolgt würde und dringend Zuflucht hier suchen musste. Jetzt hatten sie Zeit und klingelten erst mal. Sie hörten nichts, dafür sahen sie, wie die Frau im Raum dahinter mürrisch den Kopf hob und zu ihnen hinsah. Ihr fetter Körper erinnerte eher an einen wabbeligen Badeschwamm, als sie die beiden Männer durch das kleine Fenster missmutig anstarrte. Immerhin trug der junge Kollege Uniform, und so entschied sie sich, endlich den Türöffner zu betätigen.

»Was willst?«, fragte sie mampfend zwischen zwei Bissen, fegte die Brösel von ihrem riesigen Busen und legte jenen dienstlichen Ton in ihre Stimme, mit dem jeder sofort begriff, dass es sie nicht im Geringsten interessierte.

Der junge Mann wollte schon den Mund öffnen, aber Brolli knöpfte gemächlich seinen Mantel auf und holte seinen Dienstausweis heraus.

»Major Brolli von der Mord. Wer ist Diensthabender?«

Der Bissen in ihrem Mund stockte und wanderte kurz nach rechts und wieder zurück, weil sie sich nicht entscheiden konnte, ob sie zuerst hinunterschlucken sollte oder wieder ausspucken. Sie entschied, fertig zu kauen, zu schlucken und dann nach dem Telefonhörer zu greifen. So fett war sie, dass sie dabei ächzend aufstehen musste, um das Telefon zu erreichen.

Brolli wunderte sich, dass jemand Uniformen in dieser Größe genehmigte. Und er dachte an Fromm zurück, dem gegenüber er doch behauptet hatte, dass es bei der Polizei weit Schlimmeres gäbe als die Kripoanwärterin Fromm. Wenn sein ehemaliger Freund wüsste, wie recht Brolli damit hatte.

Schnell war ein grauhaariger Riese mit ordentlichem Bauchansatz unter der Tür erschienen und hatte Brolli weiter in die verwinkelten Räumlichkeiten gezogen. Das Fettmonster am Eingang eignete sich außerordentlich gut, um Bittsteller abzuwehren, aber nicht für hochrangige Kollegen. Das war so offensichtlich, dass Brolli lächeln musste und dabei anfangs überhörte, was wichtig gewesen wäre. Erst als er saß und eine Kaffeetasse vor sich hatte, begriff er die ersten Worte des Kommandanten allmählich.

»Ich weiß nichts von einem Bericht«, gestand er. »Ich bin nur vorbeigekommen, um mich zu erkundigen, ob Sie mir etwas über die Schwester der Ermordeten, diese Barbara Morales, erzählen können. Ob es da Schwierigkeiten in der Vergangenheit gab oder so.«

Der Riese mit den grauen Haaren zuckte mit den Schultern und nahm seine winzige Mokkatasse in die schwieligen Pranken.

»Bei unserer Morales gab es nichts in der Vergangenheit«, erklärte er inbrünstig nach einem winzigen Schluck. »Die passt genau in unseren Bezirk. Gut situiert bis wohlhabend, langweilig, ein bisschen menschenscheu. Also so genau das Gegenteil von den Partypeople im Neunten oder querulant wie in der Innenstadt. Und nicht so neureich wie in Grinzing. Wobei sie ja noch nicht lange hier lebt. Aber, wie gesagt, wäre da nicht der Mord an ihrer Schwester gewesen, wir hätten nie von ihr erfahren. Ach ja«, schränkte er dann ein, »und die Geschichte von gestern. Warten Sie, die Kollegin müsste da sein.«

Ohne sich um Brollis Reaktion zu kümmern, griff er nach dem Telefon und ließ befehlsgewohnt jemanden herbeirufen. Es wurde Zeit, die Effizienz seines Kommandos zu zeigen. Und tatsächlich, nur wenige Atemzüge später klopfte es und eine junge Polizistin mit blondem Pferdeschwanz trat ein. Vorschriftsmäßig trug sie die Dienstmütze unter dem Arm, meldete sich und stand stramm. Man wollte sich von der besten Seite zeigen. Nachdem der diensthabende Offizier sie aufgefordert hatte, Bericht zu erstatten, rasselte sie los: »Kollege Inspektor Mooslechner und ich hatten gestern Nacht STD, als uns die EL im FZ um null Uhr achtundzwanzig die Alarmierung eines Einbruchdeliktes übermittelte. Die Halterin der Wohnung, Frau Barbara Morales, hatte die Notrufnummer 133 gewählt und danach die Anzeige zur Meldung gebracht, dass in der in ihrem Besitz befindlichen Wohnung an der Adresse …«

Brolli hatte die Hand gehoben und schüttelte den Kopf. Sein Lächeln dabei konnte man durchaus resignierend nennen.

»Kollegin«, forderte er dann und sah die junge Frau bittend an, »seien Sie nett und stehen Sie bequem. Und erzählen Sie mir das Ganze bitte in normaler Sprache, sodass auch ich es verstehen kann.«

Sie ließ überrascht die Schultern ein wenig fallen und sah zu ihrem Vorgesetzten hin. Da der nichts dagegenzuhaben schien, lockerte sie sich merklich und wirkte mit einem Mal noch jünger.

»Wir sind also zu der Wohnung hingefahren«, fuhr sie fort, »und haben uns die Sache angesehen. Es ist ein altes Haus mit sechs Wohnungen, wobei eine leer steht. Die Morales wohnt im Erdgeschoss. Jemand ist durch die Gartentür hinein und hat ihre Wohnungstür geöffnet. Bei beiden Türen war keine grobe Beschädigung festzustellen. Die wussten also, was sie taten. Die Wohnung selbst war das reine Chaos. Angeblich fehlt außer ein paar hundert Euro Bargeld nichts, weil sie alle Wertgegenstände in einem Bankschließfach hat. Also dürften die Einbrecher die Wohnung aus Frust verwüstet haben.«

»Wie meinen Sie – verwüstet?«, fragte Brolli nachdenklich.

»Na ja«, zuckte sie mit den Schultern, »Bücher am Boden, Regale und Kästen umgeworfen, Polster zerschnitten, Vasen zerbrochen – was man halt so in die Finger bekommt.«

»Waren die Tuben im Bad auch ausgedrückt? Ich nehme mal an, dass dort welche waren.«

Sie sah den Mann in dem hellen Anzug überrascht an und wirkte nun endgültig wie ein überrumpelter Teenager. Dass sie an ihrer Unterlippe zu kauen begann, verstärkte diesen Eindruck nur.

»Die Spurensicherung hat ein Protokoll gemacht, dort müsste das genau stehen. Das Bad war jedenfalls ziemlich voll mit all dem Zeug, aber es sah noch immer am besten aus. Es war zwar alles durcheinandergeschmissen, ein paar Verpackungen waren aufgerissen, aber nichts zerbrochen oder verschmiert, soweit ich mich erinnern kann.«

Brolli hatte inzwischen die Ellenbogen auf die Oberschenkel gelegt, saß gebückt da. Er drehte die Tasse in seinen Händen und starrte hinein. Nach einer fast ungemütlich langen Pause meinte er endlich: »Danke, Kollegin, ich glaub das war's.«

Sie sah noch einmal zu ihrem Vorgesetzten hin und der nickte. Also wollte sie verschwinden.

»Sie sagten«, hielt Brolli sie dann doch zurück, »die Alarmierung kam gegen halb eins. Das heißt, sie hat ein paar Minuten vorher den Einbruch entdeckt. Hat Sie gesagt, warum sie bis nach Mitternacht nicht zu Hause war?«

Der Pferdeschwanz schlug gegen ihre Schultern, als sie den Kopf schüttelte.

»Sie hat nichts zu Protokoll gegeben. Die war voll durch den Wind. So was von hysterisch, dass wir die Rettung rufen mussten. Die haben sie dann zur Beobachtung über Nacht mit ins Krankenhaus genommen. Mir kam es fast schon übertrieben vor. Aber als ich dann gehört habe, was mit der Schwester passiert ist …«

»Und ihr habt nicht gefragt.«

Das Mädchen wollte etwas antworten, aber Brolli kam ihr zuvor und meinte kopfschüttelnd: »Klar, warum auch. Wenn man bedenkt, was ihrer Schwester vorher zugestoßen ist.« Dann wandte er sich an den grauhaarigen Mann und fragte: »Darf ich ihr Telefon benutzen?«

Als das Paar den Raum betrat, wurde es für einen merklichen Augenblick ruhiger. Selbst die kleine Band schien ihre Entrückung an Flöte, Harfe und Gitarre zu vergessen. Die beiden schritten durch das Lokal auf die Terrasse und setzten sich in die Korbstühle an einen der kleinen Tische unter den bunten Lampions.

Sie war eindeutig asiatischer oder indianischer Abstammung und ließ in dem harten Gesicht mit den hohen Wangenknochen, das so ausdruckslos wie ebenmäßig war, nicht erkennen, dass die Bewunderung der Menschen für ihren perfekten, schlanken Körper und ihre geschmackvoll gewählte Garderobe sie noch irgendwie berühren konnte. Sie schwebte über den Dingen, auf hohen Absätzen trotz ihrer bemerkenswerten Größe glitt sie durch das Leben der gewöhnlichen Menschen, ohne damit in Berührung zu kommen. Sie war zu sehr daran gewöhnt Bewunderung zu erregen. Umso mehr, als die Menschen in dem Lokal ebenfalls jenem Rassengemisch anzugehören schienen. Braunhäutig waren die meisten, in den unterschiedlichsten Tönen. Doch zumeist war ihr Körperbau klein und gedrungen, die Gesichter breit und die Nasen ein wenig zu groß. Indigene Völker bringen nach westlichen Maßstäben zumeist keine sehr schönen Menschen hervor. Doch wenn, dann sind sie von geradezu überirdischer Schönheit. So wie diese Frau. Der Mann an ihrer Seite glich eher ei-

nem Südeuropäer und war selbst durchaus bemerkenswert gut aussehend. An ihrer Seite wurde er aber kaum
wahrgenommen. Vielleicht noch, wenn er sich von ihr
entfernte. Was er eben tat, indem er aufstand, ein paar
Worte zu ihr sagte und wegging. Das ganze Lokal sah
es, bemerkte, dass sie unberührbar in ihrer eigenen Welt
verharrte, er aber sich zu einem unscheinbaren Mann,
einem blassen Europäer, an die Theke stellte.

»Hallo Berti«, begrüßte ihn der Mann erstaunt und
sah wieder zu der Frau nach draußen.

Rulicik winkte statt einer Erklärung den Kellner her-
bei.

»Einen Mai Thai für die Dame und einen Chaipi für
mich. Und vorher geben Sie mir hier erstmal ein kleines
Bier.«

»Ja, diese Bekanntschaft sollte man pflegen«, stichelte
Markus Fromm und grinste. »Aber ich würde sie nicht
so lange alleine lassen.«

Rulicik sah nun ebenfalls nach draußen, seufzte und
griff nach dem beschlagenen Glas, das der Kellner eben
vor ihn hinstellte. In einem langen, durstigen Zug trank
er das Bier beinahe weg.

»Die Wahrscheinlichkeit, dass jemand sie anspricht,
ist etwa so groß wie die Möglichkeit, dass sie für sich
selbst bestellt oder gar bezahlt. Und selbst wenn sie jemand anspricht: Sie ist toll anzusehen, solange sie den
Mund nicht aufmacht!«

»Du sprichst ja nicht gerade sehr erbaulich von deiner
neuen Eroberung«, grinste Fromm. »Oder sind das die
sprichwörtlichen sauren Trauben? Ich kann mir bei dir

aber nicht vorstellen, dass du irgendwelche Probleme hättest.«

»Die Kollegin ist aus München und wir kommen gerade von einem Fotoshooting, das ist rein kollegial. Aber sie ins Bett zu bekommen? Das Problem dabei ist, dass ich nicht wirklich Lust dazu habe!« Er kratzte sich am Kinn und sah nachdenklich nach draußen, wo der Kellner eben die Cocktails servierte und von ihr nicht einmal bemerkt wurde.

»Diese Art Frau – vergiss es. Die legt sich nur lang, denkt sich, wie schön sie nicht wäre, und meint, dass das allein schon reicht. Ich werde alt«, grinste er. »Ich will nicht mehr die ganze Arbeit allein machen. Die weiß nur, wie sie sich schminkt und anzieht, alles andere lässt sie ihre Bewunderer machen.«

Er trank sein Bier aus und wollte schon gehen, als ihm noch etwas einfiel.

»Apropos schminken – weißt du schon das Neueste im Morales-Fall?«

Fromm verzog das Gesicht, trank von seinem Glas und überlegte.

»Ehrlich gesagt«, meinte er dann, »ich will es nicht wissen. Nicht, dass es mich nicht interessiert, aber ich glaube, ich will es gar nicht wissen.«

»Ich erzähle dir trotzdem, dass jemand bei der Schwester eingebrochen ist und die Wohnung durchsucht hat. Brolli ist fest davon überzeugt, dass jemand etwas ganz Bestimmtes gesucht hat. Jedenfalls hat er mich angerufen und mir aufgetragen, die Schwester ein wenig zu durchleuchten. Ist aber nicht viel dabei herausgekommen. Die ist so was von einem Mauerblümchen. Obwohl das Zwillingsschwestern waren und beide gleich aussahen, waren sie doch offensichtlich total verschieden. Ich glaube allmählich, dass die Dunkle was hat, was jemand will. Und das deswegen die Blonde dran glauben musste. Wie dem auch immer sei«, er legte seine gebräunte Hand auf Fromms Schulter, »Prinzessin wird ungeduldig. Ich muss wieder. Schönen Abend noch.«

Er machte sich wieder auf den Weg nach draußen und verschwieg so, dass Brolli ihm aufgetragen hatte, Fromm von dem Einbruch zu erzählen, wenn er ihm begegnen sollte. Und dass Fromm sich wahrscheinlich in einem der Wiener Latinolokale aufhalten würde.

Markus Fromm selbst sah dem schönsten Polizisten Wiens lange hinterher. Wobei ihm einen bedenklichen Augenblick lang auch die Beine dessen Begleiterin nicht entgingen. Dann wandte er sich ab, drehte sich herum und blickte nachdenklich die Theke entlang.

Stunden später trat Fromm aus dem Lokal, stellte seine Tasche ab und zog seine Jacke an. Der leise Nieselregen hatte zwar bei Sonnenuntergang aufgehört, aber jetzt war es kühl und Fromm fröstelte. Daran war diesmal nicht nur die Nacht schuld. Er wusste nicht mehr, mit wie vielen Leuten er in den letzten Stunden gesprochen hatte. Aber keiner konnte ihm Näheres über die Morales-Schwestern sagen. Normalerweise war die lateinamerikanische Gemeinde eine verschworene Sache. Mit tausenden Familienbanden kreuz und quer. Jeder kannte jeden oder zumindest jemanden, der wen kannte. Oder wenigstens Geschichten. Die Familie Morales allerdings schien für die Menschen ein unbeschriebenes Blatt zu sein. Was ihn aber gar nicht so sehr verwunderte. Die eine Schwester wollte bei der Prominenz Aufnahme finden, die andere in Ruhe ihren Geschäften nachgehen. So gingen sie nicht in die Lokale ihrer Leute und nicht zu deren Festen. Wahrscheinlich gab es viele wie sie, die sich von der Kultur ihrer Eltern abgewandt hatten und vor sich hinlebten. Er selbst war da nicht so viel anders.

Es bedurfte noch ein paar Schritte, entlang der parkenden Wagen, bevor ihm bewusst wurde, dass ihm auf dem engen Gehsteig ein Mann entgegenkam, der die ganze Breite zu benötigen schien. Fromm wollte ausweichen, irgendwie zwischen den parkenden Autos hindurch, als er von hinten gepackt und festgehalten wurde. Der Mann hinter ihm war ein gutes Stück größer und breiter als Fromm und hielt ihn fest wie ein Schraubstock.

»Solltet ihr Geld bei mir finden, könnt ihr es gerne behalten«, versuchte Fromm witzig zu sein, um die Sache glimpflich ausgehen zu lassen. Aber der Entgegenkommende antwortete nicht. Er trat näher, holte aus und rammte ihm seine breite Faust in den Magen. Fromm übergab sich unwillkürlich, und das veranlasste den Mann zwei Schritte zurückzuspringen. Dafür ließ der zweite Kerl los und hieb ihm zwischen die Schulterblätter, dass ihm die Luft wegblieb und er auf die Knie fiel. Verschwommen bekam er mit, dass da ein dritter Mann war. Kleiner, drahtiger als die beiden Schläger. Der beugte sich zu ihm und etwas flappte klappernd in seiner Hand, bis Fromm das Glimmen einer Messerklinge erkennen konnte, die ihm vors Gesicht gehalten wurde.

»Du stellst zu viele Fragen! Hör auf dich in Sachen einzumischen, die dich nichts …«

Noch einmal würgte sein Magen etwas hoch und das Klirren einer Flasche an der Wand unterbrach den Mann. Alle außer Fromm sahen auf.

Der Lokaleingang war nur wenige Meter entfernt und dort hatten sich Leute zusammengerottet. Drohungen flogen herüber wie eben die Flasche, Aufforderungen zu verschwinden. Auch wenn diese Menschen keine Anstalten zeigten den schützenden Lichtkreis vor dem Lokal zu verlassen, machten die drei Männer sich aus dem Staub. Nicht allzu schnell und nicht, ohne vorher noch einmal auf den am Boden liegenden Fromm eingeschlagen zu haben.

Er spürte, wie eine Braue aufplatzte und sein Auge zuschwoll. Irgendwie dachte er in diesem Augenblick nur daran, dass das eine ganz schöne Sauerei geben würde.

Jemand hatte die Rettung gerufen und die Polizei kam gleich im Schlepptau.

Der Sanitäter teilte Fromms Meinung, dass es zwar eine ziemliche Sauerei war, aber nicht mehr. Er wischte ihm das Blut ab und verklebte die Wunde, bevor er wieder weiterfuhr. Die Polizisten waren hartnäckiger. Immer wieder wollten sie wissen, ob er die drei Männer nicht doch erkannt hätte, ob ihm an ihnen etwas aufgefallen war, ob er sie nicht doch beschreiben könnte. Aber Fromm sagte ihnen nicht mehr, als sie schon von den

Zeugen vor dem Lokal erfahren hatten. Er erzählte auch nichts von dem spanischen Akzent des kleineren Mannes, und er erklärte, nicht zu wissen, was die drei von ihm gewollt hatten. Zumindest in diesem Punkt sprach er die reine Wahrheit. Sicher hatte er sich auffällig nach den Morales-Schwestern erkundigt. Aber das konnte wohl nicht der Grund für den Zwischenfall gewesen sein. Schließlich gab es auch noch genug andere Leute in dieser Stadt, die ihm nicht so gut gesonnen waren.

Irgendwo aus den Tiefen seiner Erinnerung schälte sich der Calypso von den »Three Blind Mice« und er summte ihn, ohne zu wissen warum.

Obwohl er die Schraube ordentlich mit Rostlöser eingesprüht hatte, bewegte sich da gar nichts. Er griff nach dem Hammer und klopfte leicht auf den Schraubenschlüssel, um die festgefressene Schraube zu lösen, aber die dachte nicht daran.

Markus Fromm wischte sich den Schweiß von der Stirn und kam dabei an seine Braue. Trotzdem die Geschichte vor dem Lokal nun schon zwei Tage zurücklag, taten die geschwollenen Stellen weh, wenn er sie berührte. Einen Tag hatte er sich freigenommen und die Besuche von Freunden ertragen. Irgendwie waren die erschrockenen Gesichter witzig gewesen, wenn sie sein Gesicht zum ersten Mal sahen. Wenn er die Stelle am Jochbein berührte, war das weniger witzig. Seine Ex hatte ihn gescholten und Rulicik war schuldbewusst gewesen, ohne einen Grund dafür zu haben. Nach einem Tag war ihm das Herumsitzen auch schon auf die

Nerven gegangen und er war wieder in ihrer Zentrale aufgetaucht. Aber dort herrschte wie immer resigniertes Chaos, und so hatte er sich mehr seinen Tätigkeiten auf der Straße gewidmet. Dabei war sein verschwollenes Auge aber auch nicht gerade hilfreich, also hatte er auch das bald sein lassen. Zumindest hatte er in der freien Zeit wieder begonnen, an seinem Motorrad zu schrauben. Doch die alte BMW machte ihm das Leben auch nicht einfach. Noch einmal versuchte, er die Schraube der Auspuffhalterung zu lockern, und drehte so mit aller Kraft und Wut, dass die schwere Maschine bedenklich schwankte. So bedenklich, dass der Mann daneben zugreifen musste und sie festhalten, sonst wäre sie wahrscheinlich umgefallen.

Überrascht sah Fromm auf und den kleinen Mann an. Ein südländischer Typ mit schwarzen Haaren. Modisch in hellen Hosen, Sakko und offenem Hemd. Ein freundliches Lächeln und ein entschuldigendes Achselzucken.

»Ich habe geklopft«, erklärte der kleine Mann. »Aber Sie haben mich nicht gehört. Und die Tür stand offen.«

Vorsichtig lehnte sich Fromm zurück, behielt den Gabelschlüssel aber fest in der Hand. Der Mann hinter dem Motorrad war freundlich, aber er sah aus wie ein Südländer. Eher wie Rulicik, schoss es Fromm durch den Kopf.

Jetzt ließ er das Motorrad los, fasste in seine Jackentasche und holte eine Visitenkarte heraus. Die hielt er über das Motorrad und lächelte freundlich.

»Jonathan W. Merryweather ist mein Name. Ich komme von der Botschaft der Vereinigten Staaten von

Amerika. Und ich soll Sie fragen, ob wir etwas für Sie tun können.«

Fromm starrte den freundlichen, kleinen Mann unschlüssig an und konnte seine Verwunderung nicht unterdrücken. Diese Situation hielt ein paar Sekunden, dann lachte der kleine Mann auf und legte seine Visitenkarte auf den Sitz des Motorrades.

»Ich war ziemlich überzeugt davon, dass Sie mich genau so ansehen werden, wenn ich auf einmal bei Ihnen auftauche«, lachte Merryweather. »Aber mein Chef war nicht davon abzubringen, dass es eine gute Idee sei.«

»Ihr Chef?«

»Der Botschafter«, winkte der kleine Mann ab. »Ich selbst bezweifle stark, dass mein Besuch bei irgendeiner höheren Stelle von Interesse ist. Aber wenn ich schon mal hier bin – eine interessante Hütte haben Sie!«

»Es gibt natürlich eine Akte über Sie«, gestand Merryweather und betrachtete die Rosensträucher rings um die Terrasse. Er stellte sich auf die Zehenspitzen, um über die Rosen in den Hof hinuntersehen zu können.

»Natürlich«, meinte Fromm nicht sehr erfreut.

»Nun«, erklärte der kleine Mann und trank einen Schluck aus der kleinen Bierflasche um sich dann dem Mann zuzuwenden, der es sich in einem der Gartensessel hinter ihm bequem gemacht hatte. »Vor ein paar Jahren haben Sie zwei ziemlich jungen und ziemlich dummen Touristen aus der Patsche geholfen. Man kann über uns Amerikaner viel sagen, aber wir vergessen nicht. Zumindest nicht in dieser Beziehung.«

Der Zusatz kam leise und war nicht für Fromm bestimmt. Es war auch nicht klar, ob der es gehört hatte. Aber er hatte bemerkt, dass sich das Gesicht des kleinen, modischen Mannes für einen kurzen Augenblick verfinstert hatte.

»Wenn ihr schon über mich eine Akte habt, dann doch sicherlich auch über die Morales-Schwestern. Denn darum geht es doch, nicht war?«

Merryweather nickte, wandte sich dann von dem Hof unter ihnen ab und setzte sich ebenfalls in einen der Stühle.

»Die Morales-Akte«, meinte er, stellte die Flasche auf den Tisch und streckte sich durch. »Auch so eine Geschichte. In der Akte steht nur, dass sie die Töchter ihrer Mutter sind. Und die wiederum ist die Tochter ihrer Mutter. Und die war mit einem der kubanischen Präsidenten verheiratet. Wobei ich mir nicht mal sicher bin, ob die beiden überhaupt rechtskräftig verheiratet waren. Aber zumindest bekam die Tochter seinen Namen und wir eine Akte. Woraus man schließen könnte, dass uns Amerikanern auch die Sippenhaftung nicht so ganz unbekannt ist.«

Fromm wartete ab, auch, weil er nicht wusste, was er dazu sagen sollte. Merryweather überlegte einen kurzen Augenblick und traf eine Entscheidung.

»Interessant an der Akte ist vielleicht, was nicht drinnen steht«, fuhr er nach einem Schluck fort. »Es steht nicht drinnen, warum es die Akte überhaupt gibt. Nicht, warum die damalige OAS in den Besitz des Schließfaches der Großmutter kommen wollte. Auch nicht, was nach der Erbschaft der Schwestern geschah. Kein Grund, warum man eine der Schwestern ermorden sollte. Und auch kein Grund für den Besuch vor zwei Tagen.«

Er fasste in die Innentasche seines Sakkos und zog drei Fotos heraus. Die zeigte er Fromm und der war sich ziemlich sicher, dass diese drei Männer ihn zusammengeschlagen und bedroht hatten. Aber Merryweather fragte nicht danach, er packte die Fotos wieder weg, zuckte mit den Schultern und trank seine Flasche leer.

»Wir sind uns ziemlich sicher, dass diese drei Freunde sie besucht haben. Alte Bekannte von uns und strikte Anhänger von Fidel und der alten Ordnung. Wenn nicht sogar auf irgendeiner Lohnliste. Ob sie allerdings wirklich einen Auftrag für ihre Aktion hatten, wissen wir nicht. Ich persönlich bezweifle es.«

»Einfach ein Anstandsbesuch. So wie Ihrer«, konnte sich Fromm nicht verkneifen.

Der kleine Mann sah ihn einen Augenblick lang an, kratzte sich hinter dem Ohr und nickte dann tatsächlich. Fromm stand auf und ging zwei neue Bierflaschen holen. Er wusste nicht, was er von dieser Aktion halten sollte, und das schien ihm die logische Reaktion. Vielleicht ging es ihm auch nur darum, etwas Zeit und Abstand zu gewinnen. Also stellte er die Flaschen auf den Tisch und Merryweather griff sich eine, löste den Drehverschluss mit einer schnellen Handbewegung und prostete dem Mann mit dem verschwollenen Auge zu.

»Jeder will was«, gestand er nach einem langen Schluck. »So ist das Leben. Wir für unseren Teil wissen nicht, warum es die Morales-Akte überhaupt gibt. Und ich für meinen Teil hätte nichts dagegen, wenn es dabei bleibt. Alte Geschichten aufzuwärmen ist nie eine gute Idee.«

Bei den Worten fuhr er sich durch die Haare, aber er berührte nur unbewusst die Narbe darunter. Fromm seinerseits nickte und war sich sicher, dass der kleine Mann recht hatte. Auch wenn er keine Ahnung hatte, worum es ging.

»Aber was soll ich dabei?«, wollte Fromm wissen und genau diese Frage beschäftigte ihn seit dem Zwischenfall erst recht.

»Sie?« Merryweather lachte wieder auf. »Sie haben mit der Sache eigentlich überhaupt nichts zu tun. Und Sie würden auch nichts tun und würden das Ganze demnächst vergessen haben. Selbst Ihr Freund Brolli würde daran nichts ändern. Aber dass dann die drei Kubaner auftauchen – und jetzt noch ich –, das macht Sie neugierig. Wirklich neugierig. Darum werden Sie weiterschnüffeln. Möglicherweise sehr zum Leidwesen von uns allen. Ich kann Ihnen das Angebot machen, dass wir – was immer sie auch finden sollten – sehr daran interessiert sind, es zu bekommen. Für den Fall, dass Sie überhaupt etwas herausfinden. Ich glaube, dass die Kubaner ebenso denken. Das Beste wäre natürlich, wie gesagt, Sie würden sich nicht mehr um diese Geschichte kümmern. Aber ich fürchte, der Typ sind Sie leider nicht.«

Merryweather hatte einen ziemlich verwirrten Markus Fromm zurückgelassen und war sich sicher, dass dieser Mann spätestens in ein oder zwei Tagen anfangen würde, herumzuschnüffeln und Fragen zu stellen. Ganz wie der Botschafter es wünschte. Er selbst war sich wirklich nicht sicher, ob das so eine gute Idee war. Wenn es tatsächlich Dokumente der Großmutter gab, dann waren die aus der Zwischenkriegszeit. Und dort lagen genug Leichen begraben, die keiner aufwecken sollte. Die Verstrickungen ihrer eigenen Zeit enthielten Sprengstoff genug. Aber sein Chef war anderer Meinung. Botschafter kamen und gingen, seufzte er für sich, besser wurde es damit aber zumeist nicht.

Der kleine Mann schlenderte die Straße hinunter bis zur Kreuzung, dort querte er die stille Fahrbahn und kam auf der anderen Seite schnellen Schrittes zurück. Bei einem schmutzigen, alten Lieferwagen öffnete er die Hintertür und war drinnen, bevor jemand reagieren konnte.

»Hallo Freunde«, grinste er die beiden völlig überraschten Männer an, »wie geht's so?«

»Äh …«, war alles, was einer der Männer hervorbrachte. Ansonsten saßen sie stocksteif da und starrten den kleinen, feixenden Kerl an. Der quetschte sich in der Enge auf den letzten freien Sitz und griff doch tatsächlich nach einem Headset.

»Seid ihr beiden Künstler eigentlich hinter mir her, oder beobachtet ihr die alte Tankstelle da drüben?«, fragte Merryweather und schüttelte fast gleichzeitig den Kopf. »So genau will ich es eigentlich gar nicht wissen. Aber würdet ihr mal so freundlich sein und mich mit dem Oberst verbinden.«

Noch immer wortlos schluckte der eine, tippte dann

auf seiner Tastatur und schaltete den Bildschirm vor Merryweather ein.

»Liefer an Zentrale. Ein Gespräch für den Chef«, meinte er heiser und wies Merryweather auf den Bildschirm. Der starrte das blaue Logo für einen Moment an, dann wurde der Schirm lebendig, ein Fenster poppte auf und ein breites, gerötetes Gesicht erschien. Starrte für einen Augenblick zurück und verzog sich dann missmutig.

»Was zur Hölle machen Sie in meinem Lieferwagen, Merryweather?«

»Auch schön, Sie mal wiederzusehen, Oberst«, feixte der kleine Amerikaner. »Und legt euch mal neue Lieferwagen zu. Allmählich könnt ihr sogar eine Aufschrift draußen anbringen.«

Der riesige Mann am anderen Ende grunzte etwas, das wie »Sparmaßnahmen« oder auch wie »verfluchte Politiker« klang. Aber Merryweather wollte das nicht diskutieren.

»Ich habe diesen Fromm besucht«, erzählte er freimütig. »Mein Chef wünschte es so. Ich persönlich halte es für keine gute Idee. Sollten die Morales-Schwestern wirklich etwas von Interesse besitzen oder besessen haben, dann ist es trotzdem nicht notwendig, einen unbeteiligten Menschen mit hineinzuziehen. Sind Sie sicher, dass wir das über Skype besprechen sollten?«

Jetzt war es an dem Oberst zu grinsen.

»Wichtige Dinge versteckt man am besten im Müll«, meinte er. »Und bei dem Datenmüll, den die Menschen heute produzieren, können wir uns ruhig über Skype unterhalten. Eure Serverfarmen laufen sowieso schon heiß. Wie viel Promille davon wertet ihr jetzt genau aus?«

Ein Thema, über das wiederum Merryweather nicht reden wollte. Darum kam er wieder auf Fromm zurück.

»Kann an der Sache überhaupt was dran sein?«, fragte er unverblümt. »Laufen wir nicht alle wie pawlowsche Hunde herum, nur weil wir meinen, ein Glöckchen gehört zu haben? Warum der ganze Aufwand? Ich bin hier, weil mein Chef neu ist und meint, die Flöhe im Schlaf husten zu hören. Warum sind Sie hier, Oberst? Hätten wir alle nicht genug damit zu tun, uns um terroristische Netzwerke und deren Geldgeber zu kümmern?«

Der Mann auf dem Schirm kratzte sich seine stoppelkurzen, grauen Haare und ihm schienen diese Gedanken nicht fremd.

»Der Vergleich mit Pawlow ist gar nicht mal so schlecht«, brummte er dabei. »Ein gewisses paranoides Verhalten gehört wohl zu unserem Job. Aber meine Aufgabe ist es eben, Dinge schon zu wissen, bevor sie ausarten können. Und wir haben nun mal eine Leiche. Brolli ist ein guter Polizist, also nicht an den Hintergründen interessiert. Ihn interessiert es, einen Fall zu lösen und jemand hinter Gitter zu bringen. Und sein Chef, dieser Gül, ist nur an seiner Karriere interessiert. Dass Fromm zusammengeschlagen wurde, war schon komisch. Dass jetzt Sie auch noch auftauchen, macht die Sache um keinen Deut besser für mich.«

Merryweather nickte und kaute auf seinen Lippen.

»Also keiner weiß was, aber alle fürchten, dass was

dran sein könnte«, fasste er zusammen. »Und weil die einen sich fürchten, fürchten sich die anderen noch mehr, und weil sich die anderen noch mehr fürchten …«

»Zu Tode gefürchtet ist auch gestorben.«

Fromms Auge war inzwischen kaum mehr geschwollen und so zollte ihm auch niemand Beachtung, als er über den belebten Schwedenplatz ging. Zur Feier des Tages hatte er sogar ein Hemd und ein Sakko angezogen. Und er war zu früh dran, wie immer, wenn er eine Verabredung hatte. Obwohl ihm klar war, dass auch das eine Form der Unpünktlichkeit ist, und er Unpünktlichkeit hasste, so war es ihm nicht abzugewöhnen. Andere Dinge hingegen waren ihm zur zweiten Natur geworden. Zum Beispiel die südländischen Männer zu erkennen, die ziellos herumwanderten und auf den Ausgang ihres Asylverfahrens warteten. Die Frauen blieben zumeist lieber in den Unterkünften, mochten sie auch noch so beengt sein. Und er erkannte die strategisch an Geschäftseingängen postierten verkrüppelten Bettler, die besser gekleideten Bettler mit den Zeitschriften und die Romamädchen, die Frauen Blumen schenkten und von deren Begleitern dann eine Spende einforderten. Und die Aufpasser, die ihre Leute vor der Polizei warnten. Fromm ging eben an einem der Aufpasser vorbei, da war er sich ziemlich sicher, und der beäugte ihn auch misstrauisch. Aber er sah in Fromm keinen Grund, seine Leute zu warnen. Markus Fromm stellte keine Gefahr dar. Für niemanden. Ein Grund mehr, warum er die Vorfälle der letzten Tage nicht so recht verstand.

Brollis Freundlichkeit, die drei Männer, die ihn bedroht hatten, der Besuch des kleinen Amerikaners – all das waren Dinge, die nicht in sein Leben passten. Früher, ja, da hatten sie von einem Leben voller Aufregung und auch Gewalt geträumt. James Bond wollten sie sein, so elegant, so überlegen, so gewaltig – mindestens. Wann hatte er diese Träume verloren? Wann hatte er es sich so gemütlich eingerichtet in seinem biederen Leben?

Das Sirren hinter ihm fiel ihm nicht einmal besonders auf. Automatisch machte er einen Schritt zur Seite, um den Radfahrer vorbeizulassen, der mit hohem Tempo durch die Menschenmenge schnitt. Eigentlich unübersehbar in seinem knallbunten, viel zu engem Trikot. Eingeschnürt von einem Brustgurt, den Kopf mit dem schnittigen Helm und der verspiegelten Brille tief über der Lenkstange, so raste der Mann quer über den Platz. Niemand beachtete ihn wirklich, aber alle nahmen Rücksicht auf den Mann, der selbst nur Augen für seinen Pulsmesser hatte.

Eine ältere Dame stand ein wenig zu weit am Rand und studierte ihren Stadtplan. Den Plan, der laut raschelnd zerriss, als der Radfahrer daran vorbei- oder besser durch ihn hindurchfuhr. Die Frau wurde zurückgestoßen und landete verdutzt auf ihrem Hinterteil. Für die Menschen herum war das weder neu noch bemerkenswert. Wohl nur noch frisch angekommene Flüchtlinge waren überrascht von so viel Überheblichkeit und so viel Gleichgültigkeit. Aber auch sie würden noch lernen, dass, wer einem Radfahrer in Wien nicht Raum zur Selbstverwirklichung gab, an den Folgen selbst schuld war. Noch bevor Fromm überlegen konnte, ihr zu helfen, hatte sie sich bereits aufgerappelt, ihren zerfetzten Plan geschnappt und war kopfschüttelnd weitergegangen. Er sah sich nach dem Radfahrer um und erkannte gerade noch, dass der auf einer der Rampen zu der ebenfalls gut besuchten Promenade am Donaukanal abfuhr. Nicht, ohne beim Queren der dreispurigen Straße ein paar exzellente Bremsmanöver der Autofahrer eingefordert zu haben, da er die Ampel der Kreuzung geflissentlich ignorierte. Was aber bei dem üblichen Schritttempo der Wagen auch nicht sonderlich auffiel. Neben der Rampe lehnte ein Mann an dem schmiedeeisernen Geländer und besah sich die Aktion offensichtlich belustigt. Sein makelloser, hellgrauer Anzug funkelte metallisch im Licht der schräg stehenden Sonne. Die dezente Krawatte hatte dieselbe Farbe wie das Stecktuch und seine Schuhe glitzerten mit den frische gewaschenen Geländewagen der Stadtbewohner um die Wette.

Wieder überkam Fromm bei Brollis Anblick ein Gefühl der Minderwertigkeit, der Unterlegenheit. Ja, fast des Neides. Obwohl es ihm wirklich egal war, neben diesem Mann kam er sich immer schäbig vor. Wie der Straßenjunge neben dem Sohn aus gutem Hause. Dabei war es eigentlich umgekehrt. Brollis Vater hatte im Straßenbau gearbeitet und sich am Feiertag bestenfalls mit seinem Bier unterhalten. Fromms Eltern waren beide Akademiker gewesen, hatten große Reden geschwungen und kleine Brötchen gebacken. Unterschiedlicher hätten zwei Jungen gar nicht aufwachsen können. Trotzdem wurden sie die dicksten Freunde. Möglicherweise waren sie das immer noch. Möglicherweise, überlegte Fromm und setzte sich gemächlich in Bewegung, als die Ampel auf Grün sprang.

»Servus«, meinte Brolli, ohne sich von dem Geländer wegzurühren. Fromm nickte, trat neben ihn und sah hinunter auf den Donaukanal und die Menschen rund um die Buden, Strandliegen, kleinen Tischchen und großen Sonnenschirme.

»Wie lange ist es her«, fragte er dann, »dass es da unten nicht mal die Jogger ausgehalten haben? Und Fischer gab es damals auch nicht.«

»Weil in der Brühe damals auch kein Fisch hätte überleben können«, antwortete Brolli und überlegte kurz. »Na ja, fast zwanzig Jahre werden's wohl schon sein, dass sie die Überläufe aus dem Kanalnetz dicht gemacht haben. Und jetzt werden es jedes Jahr im Sommer mehr Lokale da unten, mehr Leute. Und als Nächstes wird irgendwer verlangen, dass ein Geländer entlang dem Ufer angebracht wird. Weil ein Besoffener ins Wasser fallen könnte.«

Überrascht sah Fromm auf und nickte dann. Der Gedanke war ihm noch nicht gekommen, aber abwegig war er nicht.

»Netter Anzug«, meinte er dann. »War sicher nicht billig. Ich wusste gar nicht, dass man bei der Polizei so gut verdient.«

»Im Zweiten gibt es ganz günstige Türkenshops. Weil Beamte verdienen nie gut«, lachte Brolli stolz, »aber auch nicht schlecht. Und – danke für das Kompliment. Früher warst du es immer, der mit den teuren Klamotten.

Und ich hatte damals nicht den Eindruck, als ob du es dir jemals anders überlegen würdest. Ich hätte nie geglaubt, dass du eine so soziale Ader hast.«

Fromm sah stumm dem Treiben unter ihnen zu. Wäre er Brolli nicht begegnet, ihm wäre wohl nie aufgefallen, wie sehr er sich verändert hatte. Wie weit entfernt er von dem war, was er sich als Junge gewünscht hatte.

»Der Schwertführer kommt auch.«

Der elegante, kräftige Mann hatte sich von dem Geländer gelöst und durchgestreckt. Nicht ohne ein paar neugierige Blicke der vorbeihastenden Damen einzufangen. Auch Fromm sah ihn neugierig an und runzelte die Stirn.

»Magister Manfred Schwertführer«, sah sich Brolli genötigt zu erklären. »Chef der Kanzlei Schwertführer, Rechtsanwalt und Steuerberatung. Er vertritt die Morales in allen Belangen. Vor allem nach dem Tod der Schwester dürfte sie einige Probleme gehabt haben.«

»Probleme welcher Art?«

»Sie haben ja keine Ahnung, was Banken so einfällt, wenn sie sich hinter irgendwelchen Vorschriften verstecken wollen«, erklärte der kleine, fette Mann aufgebracht und mit ausschweifenden Bewegungen. Seine tragende Stimme und seine überbordende Selbsteinschätzung machten ihn schnell zum Mittelpunkt jeder Gruppe. Ob diese wollte oder nicht. Daran änderte auch sein schwammiges Aussehen nichts. Oder der teure Maßanzug, der offensichtlich für eine schmalere Person angefertigt worden war. Einzig die Frau ihm gegenüber konnte ihm die Position des Zentralgestirns streitig machen.

Barbara Morales trug wie immer ein klassisches Kostüm, doch sie schaffte es auch damit, glanzvoller und begehrlicher Mittelpunkt der Gruppe aus vier Männern zu sein. Die dunklen Haare lagen wie Wellen aus auf Hochglanz poliertem Ebenholz weit über ihre Schultern. Das Gesicht ein wenig blass, beinahe ein wenig hilfsbedürftig, aber makellos mit großen, strahlenden Augen, die von dezentem Make-up sanft betont wurden. So war sie Fixpunkt der um sie kreisenden Männer, wobei Fromm schnell bemerkte, dass seine Bahn ganz weit außen war. Sehr viel mehr Charme als an ihn versprühte sie an den schwitzenden Fettkloß Schwertführer und an den strahlenden Held Brolli. Auch der vierte Mann stand nicht so in ihrer Aufmerksamkeit, wie er es sich gewünscht hätte. Fromm kam damit jedoch wesentlich besser zu Rande als er. Als Klaus Weingartner war er vorgestellt worden, Arzt sollte er sein, doch Fromm fehlte jede Verbindung. Er bemerkte nur, dass der junge Mann verzweifelt versuchte, mehr Aufmerksamkeit von der Frau zu erhalten.

»Man wird aus der Bahn geworfen«, erklärte nun die Frau und sah herum wie ein hilfsbedürftiges Reh. »All die Ereignisse, es war einfach zu viel. Es hat wohl niemanden außer mir selbst verwundert, dass ich einen Nervenzusammenbruch hatte. Und diese Bürokraten tun alles, um es noch schlimmer werden zu lassen.«

Die beiden jungen Menschen in weißen Hemden unterbrachen und stellten die Vorspeisen ein. Viermal das

Jakobsmuschel-Sashimi mit rosa Grapefruit, Yuzu, Estragon-Wasabivinaigrette, Frisèe und Fenchel und für Fromm den Büffelmozzarella mit Kirschtomaten, Cyklame-Erdäpfel, Basilikum und Olivenerde.

Während sich die anderen Menschen an dem Tisch erfreut über die Speisen hermachten, konnte Fromm sich nicht so recht auf das Essen konzentrieren. Ebenso wenig wie auf die hin und her fliegenden Wortfetzen. Kam nur ihm allein diese Versammlung skurril vor? Unter den schrägen Fenstern des Lokals gluckerten die schmutzig-braunen Fluten des Donaukanals. In dem gehobenen Lokal, dessen Ausstattung ihn schwer an die 60er Jahre erinnerte, drängten sich die Menschen verschiedenster, touristischer Nationen und Rassen. Die Morales lachte glockenhell auf und legte dem jungen Mann neben ihr jetzt doch die Hand auf den Arm. Am anderen Ufer, vor einer Bude mit Ausschank, hatte sich eine Gruppe Menschen mit bunten, übergroßen Hüten versammelt. Der Kellner schenkte Wein nach – und Markus Fromm fühlte sich wie von einer riesigen Woge mitgerissen und hilflos.

›Ein Essen als Dankeschön für die Menschen, die mir in meiner schwersten Zeit beigestanden haben‹ – so hatte die Morales es genannt und eingeladen. Wenn Fromm die Beteuerungen in den Halbsätzen und Geschichten richtig verstanden hatte, so hatte der Tod ihrer Schwester sie sehr tief getroffen und weit aus der Bahn geworfen. Er hatte ihr Leben verändert. Nicht nur, dass sie sich des kleinen Hundes angenommen hatte. Sie betrieb jetzt auch Sport und sah mehr auf ihr Äußeres, so wie ihre Schwester es sich immer gewünscht hatte. Dass dann auch noch ihr Computer den Geist aufgegeben hatte und alle Daten, Unterlagen und Passwörter für ihre Veranlagungen weg waren, schien nur mehr eine Draufgabe des Schicksals zu sein. Wäre nicht der liebenswürdige und energische Herr Schwertführer gewesen, die Banken hätten ihr keinen Zugang zu ihrem Vermögen mehr gestattet. Nicht auszudenken! Nur weil sie nicht mehr genau sagen konnte, was ihr gehörte und wo es lag! Schwertführer hatte da einigen Leuten gehörig den Marsch geblasen und Beziehungen spielen lassen. Und er regelte jetzt auch ihre Verhältnisse, denn im Augenblick, da konnte sie sich nicht auf ihre Arbeit konzentrieren. Sie besuchte stattdessen jetzt öfter die Plätze, die ihre Schwester geliebt hatte, wie dieses Restaurant in der Schiffsstation am Donaukanal. Nur die Events und den Promirummel, den vermied sie nach wie vor. Ja, selbst der nette Herr Weingartner, ihr ärztlicher Betreuer, wäre sozusagen ein Vermächtnis ihrer Schwester.

Der junge Mann schien über diese Formulierung keineswegs glücklich zu sein. Er öffnete den Mund, aber er unterließ es dann doch, etwas dazu zu sagen.

Der Hauptgang kam und Fromm hatte nun weniger Mühe sich auf sein Filet vom Waldviertler Bioschwein mit Zuckermaispüree, Erbsen, Steinpilzen und Schmorzwiebeln zu konzentrieren.

Die Morales war ganz und wahrhaftig Zentralgestirn ihres Universums. Brolli und Schwertführer eiferten um ihre Aufmerksamkeit und darum, wer männlicher und schneller trank. Weingartner gab sich peinlich berührt und versuchte in einer Art und Weise Abstand zu halten, dass sie seine Überlegenheit den alten Herren gegenüber bemerkte. Scheinbar nur Fromms Gedanken wanderten weg von ihr. Fort von der eleganten Welt der schönen Frauen und gut gekleideten Männer. Die vornehmen Lokale, die Welt der Anregung und der Eloquenz, des Kräftemessens und der Sieger – das war nicht seine Welt. Nicht mehr. Wann hatte er sie verlassen? War es jemals seine Welt gewesen? Er dachte an die Streetworker, mit denen er vor ein paar Tagen gesprochen hatte, und wünschte sich ihre Anwesenheit. Er dachte an den alten Friseur in seiner kleinen, überfüllten Wohnung, und war sich sicher, dass er sich dort wohler gefühlt hatte. Er dachte an Manuela, seine Ex-Frau, und dass sie solche Lokale manchmal besucht hatten, wenn es etwas zu feiern gab. Und daran, dass sie sich immer über die Leute lustig gemacht hatten. Und er dachte an den kleinen Amerikaner, weil der viel besser hierher passen würde. Und an diesem Punkt wichen seine Gedanken noch weiter ab.

»Und ich sage dir, den Jungen nehm ich mir ganz, ganz genau unter die Lupe!«

Brolli stellte das Glas ab und es kam hart auf. Noch immer elegant und eloquent sah der Mann aus, da an dem kleinen Tischchen in der Fußgängerzone gleich hinter dem Schwedenplatz. Doch Fromm sah ihm an, dass er ordentlich getankt hatte. Die Morales hatte sie irgendwann entlassen und Brolli hatte Fromm gedrängt, noch eines der kleinen Lokale zu besuchen.

»Der ist zu nervös. Der weiß was!«, brummte er jetzt wieder und sah in die unbedarften Menschen rund um sie. Fromm hatte nur Augen für ihn und erkannte genau die Anzeichen eines zu ausgiebigen Alkoholgenusses. Auch, weil er fühlte, dass er selbst ebenfalls ein wenig betrunken war.

»Suchst du dir deine Verdächtigen immer aus, wenn du besoffen bist?«, fragte er trocken und Brolli fuhr herum, stierte ihn an und schluckte. Einen langen Augenblick überlegte er.

»Hast recht«, nickte er dann und grinste zu breit. »Ich hab schon einiges getankt heute Abend.«

»Zu viel, um jemanden als Verdächtigen zu brandmarken.«

»Hä, hä«, machte Brolli und beugte sich verschwörerisch über das Tischchen. »Ich weiß was, das du nicht weißt!«

»Das wollen wir doch hoffen«, brummte Fromm missmutig und nippte den letzten Rest aus seiner Kaffeetasse. Gleichzeitig hoffte er tatsächlich, dass Brolli wirklich mehr wissen würde.

»Unser guter Doktor Weingartner hat gerade erst sein Studium beendet und macht jetzt seinen Turnus«, flüsterte der leicht schwankende Mann im Anzug, dass man ihn noch ein paar Tische weiter verstand. »Und er ist grundsätzlich knapp bei Kasse. Wie alle Turnusärzte. Viel Arbeit, wenig Lohn. Genau genommen arme Schweine sind das, ausgenutzt werden die, regelrecht.«

»Und was hat das mit der Morales zu tun?«

»Der Hund ist von einer Schwester zur anderen ins

Bett gehüpft, kaum, dass die Erste kalt war. Und der lässt sich sicher von ihr aushalten! Da wette ich! Dazu kommt, dass er noch nicht mal ›nen richtigen Arztjob hat als Turnus. Ist ein besserer Angestellter in irgendeiner Blutbank, der Kerl. Und wir wissen, dass er am Abend vor der Tat bei der Ermordeten war.«

»Also hat doch jemand was gesehen.«

»In einem Wiener Gemeindebau bleibt nichts lange verborgen«, grinste Brolli, wurde aber gleich wieder ernst. »Wir wissen sogar, dass er bald wieder gegangen ist. Zumindest muss er schon weggewesen sein, als die Schwester gekommen ist.«

Jetzt war Fromms Interesse endgültig wieder da. Neugierig beugte er sich nun ebenfalls nach vorne.

»Barbara Morales war am Abend vor der Tat bei ihrer Schwester? Ich dachte, die beiden redeten nicht miteinander?«

Brolli winkte ab und gab auf diese Weise zu verstehen, dass man das so nicht sagen konnte.

»Haben halt Temperament, die beiden, da gibt's auch unter Geschwistern schon mal Streit. Zumindest wissen wir von der Schwester, dass sie am Abend noch mal hingegangen ist, was ein Anwohner bestätigt hat, und dass Weingartner zu dem Zeitpunkt nicht mehr dort war.«

»Hat sie dir auch erzählt, was sie bei ihrer Schwester wollte?«

»So zerstritten dürften die beiden nicht gewesen sein. Ein Vögelchen hat mir gezwitschert, dass die Barbara Morales ihre schillernde Schwester durchaus beneidet hat. Das Mauerblümchen und die Prinzessin halt. Die

Ermordete wollte an dem Tag angeblich eine Aussprache und im Endeffekt nur wieder Geld, um ihr Kosmetikinstitut über Wasser zu halten. Gegen elf ist die Schwester gegangen. Was nachher geschehen ist ... «

Brolli zuckte mit den Schultern und trank einen großen Schluck. Aber irgendwie schien ihn das Gespräch ernüchtert zu haben. Er stellte das Glas vorsichtiger auf den Tisch, drehte es in seinen Fingern und sah den Eiswürfeln zu.

»Irgendwo an der ganzen Geschichte ist ein Hacken, ich weiß es, aber ich sehe ihn nicht«, meinte er endlich und um vieles leiser. »Natürlich hab ich meine Leute, aber die erwarten Anweisungen und keine Fragen. Weißt du, in den Filmen, da gibt es bei den Cops immer Partner, die miteinander reden, die sich den Rücken decken – und die sich gegenseitig furchtbar auf den Arsch gehen. Aber am Ende doch zueinander stehen.«

Die beiden Männer in den besten Jahren grinsten sich an, fühlten sich ein bisschen wieder wie die kleinen Jungs. Doch dann sagte Fromm: »Nur – wir sind keine Partner. Wir sind nicht mal im gleichen Geschäft.«

Brolli nickte und winkte doch gleichzeitig ab.

»Auf Grund deines Jobs unterliegst auch du einer gewissen Verschwiegenheitspflicht«, erklärte er dann. »Und du bist – am Rande, zugegeben – mit dem Fall befasst. Also kann ich mit dir darüber reden.«

»Schon mal was von Supervision oder Psychotherapie gehört?«, fragte Fromm zynisch und Brollis Lachen kam noch saurer.

»Supervision bei der österreichischen Polizei? Auf welchem Planeten lebst du? Ich bin schon froh, wenn die meine Kugelschreiber bezahlen!«

Die beiden Männer lachten und Brolli begann Geschichten aus einem Alltag zu erzählen, der wohl jede Comedyshow ersetzte. Fromm hörte zu und war doch nicht so ganz bei der Sache. Zu sehr lenkte ihn der Mann ab, der sich einige Tischchen weiter gesetzt hatte. Sicher war sich Fromm nicht, aber die Ähnlichkeit mit dem schlanken Kubaner, der ihn mit dem Messer bedroht hatte, die war zu stark.

Noch viel deutlicher war für Fromm die plötzliche und erdrückende Gewissheit, dass diese Sache für ihn noch keineswegs ausgestanden war. Jeder wollte von ihm, dass er die Finger von der Sache ließ. Und doch trieb jeder ihn nur noch tiefer hinein.

Brolli bezahlte plötzlich und verabschiedete sich. Fromm blieb sitzen und musste immer wieder zu dem Mann einige Tische weiter sehen. Nicht, dass dieser Mann ihn bedroht hätte. Er sah nicht mal in seine Richtung, aber Fromm war sich nur zu sicher, dass der Mann ihn beobachtete. Und er konnte sich nicht aufraffen jetzt allein nach Hause zu gehen. Was sollte schon passieren, schalt er sich. Und trotzdem hielt das schleichende Gift der Angst ihn fest.

Mit einem Mal wurde der Mann unruhig. Kniff die Lippen zusammen, erhob sich ein wenig und blieb doch sitzen. Offensichtlich unschlüssig, was er machen sollte.

»Ich nehme mal an, Sie haben nichts dagegen, wenn ich mich kurz zu Ihnen setze.«

Fromm fuhr herum und starrte in das freundliche Lächeln Merryweathers.

»Nein – selbstverständlich«, stotterte er teils aus Überraschung, teils aus Erleichterung. Und teils aus Überraschung über seine offensichtliche Erleichterung. Erst jetzt erkannte er die Spannung unter die ihn der Mann dort drüben gesetzt hatte. Und die Lähmung, die diese Spannung bei ihm verursacht hatte.

Merryweather lächelte. Dann sah auch er hinüber zu dem Mann ein paar Tische weiter, grinste kurz breit und zähnefletschend und wandte sich wieder Fromm zu.

»Es gibt schon eigenartige Zufälle im Leben«, meinte er dabei. Fromm nickte nur, weil er nicht wusste, was er sagen sollte. Und der kleine Amerikaner wurde ernst.

»Es war wirklich ein Zufall, dass ich in der Gegend war«, begann er. »Und als ein gemeinsamer Freund meinte, dass Ihnen vielleicht nicht ganz wohl sei, habe ich mich entschlossen selbst bei Ihnen vorbeizusehen.«

»Ein gemeinsamer Freund?«

Merryweather sah zu den vorbeischlendernden Menschen und seufzte.

»Österreich ist ein sehr kleines Land«, erklärte er dann. »Und doch gibt es hier Institutionen, die einiges daran setzen, dass seine Bürger in Ruhe gelassen werden. Oder von gewissen Dingen nichts mitbekommen beziehungsweise gar in Mitleidenschaft gezogen werden.«

»Brolli? Die Polizei?«, fragte Fromm überrascht und Merryweather musste herzlich lachen.

»Ihr Major Brolli ist ein guter Polizist, aber er hat keine Ahnung. Ich spreche von etwas Ähnlichem wie der Polizei, und doch etwas ganz anderem. Ein Relikt aus der

Zeit des Kalten Krieges, durchaus. Wobei, die Anfänge wären wohl in der Zeit der Monarchie zu suchen.«

Fromm wollte etwas sagen, aber der dunkelhaarige Amerikaner winkte ungeduldig ab.

»Lassen wir das«, meinte er dabei. »Der Oberst hat ein Auge auf Sie geworfen und Sie können froh darüber sein. Der Junge dort drüben wird es sich wohl zweimal überlegen, bevor er Sie auch nur anspricht. Ebenso froh sollten Sie aber auch darüber sein, dass Sie den Oberst nicht kennen. Er ist an sich ein netter Kerl, aber einer von den Menschen, die einem auch in ihrer freundlichsten Stimmung einen Tag ordentlich vermiesen können.«

»Ich werde beobachtet?«, fragte Fromm dumm und begriff doch auch so. Und es war ihm auch nicht angenehm. In diesem Zwiespalt schüttelte er den Kopf und atmete tief durch. »Sieht aus, als wäre das Ganze doch nicht so einfach ausgestanden. Sich um nichts mehr zu kümmern und die Sache auf sich beruhen zu lassen, wie alle das wollen, das ist wohl nicht mehr drin.«

Die kommenden Tage waren für Markus Fromm eine einzige Herausforderung. Immer wieder versuchte er, herauszufinden, wer ihn nun beobachtete. Aber er war nicht imstande, auch nur eine Ahnung zu bekommen. Offensichtlich ignorierten ihn die Menschen, wie sie es immer getan hatten. Und da die täglichen Herausforderungen auch nicht weniger wurden, vergaß er immer öfter hinter sich zu sehen. Einiges von seinen Fällen hatte er vernachlässigt durch die Ereignisse nach der Ermordung von Julia-Augusta Morales. Und das forderte nun seinen Tribut. Wege waren zu machen, Schreiben zu verfassen, klärende Gespräche zu führen, Mediationen einzuleiten und ältere Streitigkeiten abzuschließen. Dass seine Vorgesetzte ihren Stellvertreter an die Volkskrankheit Burn-Out verloren hatte, verbesserte Fromms Situation auch nicht, denn mit einem Mal waren die Leute für seinen Geschmack viel zu freundlich zu ihm. Weil er unter der Hand als Nachfolger gehandelt wurde, was ihm so vollkommen entgangen war, wie er keinen Gedanken daran verschwendete, sich für diesen Posten zu bewerben. Das Einzige, was Fromm an der Sache wirklich interessierte, war, wie es der Stellvertreter geschafft hatte, die Ärzte über den Tisch zu ziehen. Denn dass er nicht überarbeitet war, das wusste jeder im Team, denn jeder von ihnen hatte täglich mit ihm zu tun gehabt. Und Menschenkenntnis war ein gewichtiger Teil ihres Jobs.

Die Aufregung und der Unmut über den offensichtlichen Betrug des Kollegen und die offensichtliche Unfähigkeit der Ärzte, diesen Betrug zu entdecken, überschatteten Fromms Welt für einen Tag, veranlassten ihn, sich ein wenig näher mit der Materie zu befassen und lenkten ihn von Brolli und den bedrohlichen Geschehnissen ab. So eroberte der Alltag seine Gedanken Schritt für Schritt zurück. Beinahe wäre seine Welt wieder normal gewesen, wenn da nicht ein kleiner Stachel hinten in seinen Gedanken geblieben wäre. Etwas, das ein ganz klein wenig, aber beständig störte.

»Wir haben uns daran gewöhnt, dass sie jedes Jahr mehr als vier Monate im Krankenstand ist. Wegen ihrer Knie und ihrer Hüften, die sind ja angeblich total kaputt. Aber Skifahren und Marathon laufen, das kann sie.«

Der Kollege vom Bauamt trank einen großen Schluck von seinem frischen Bier und schüttelte den Kopf.

»In den letzten beiden Jahren war sie jeweils mehr als die Hälfte der Zeit krank«, erzählte er weiter. »Jetzt ist es Burn-Out. Dabei bekommt sie kaum noch Arbeit. Nur die Kleinigkeiten, wenn sie gerade mal da ist, weil wir genau wissen, dass sie nach ein paar Tagen wieder weg ist. Und privat ist bei ihr auch alles Sonnenschein. Weil sie kann ausschlafen, im Gegensatz zu mir. Und hat viel Zeit für ihre privaten Dinge.«

»Wenn ich mir die Fälle so ansehe«, seufzte Fromm, »dann gibt es ein paar, die wirklich zusammenbrechen. Aber zumeist habe ich wirklich den Eindruck, Burn-Out ist die Krankheit der Faulen und Arbeitsscheuen.«

»Stimmt und stimmt auch wieder nicht«, meinte die Frau, die eben zu ihnen getreten war und Fromms Kollegen auf die Wange küsste. »Burn-Out ist keine Krankheit an sich, sondern nur eines der Symptome einer Depression. Und Depression als Krankheit kennen wir schon lange. So wie du über Schmerzen jammerst, wenn dein Bein gebrochen ist. Natürlich bekommst du auch was gegen die Schmerzen, aber behandelt werden muss der gebrochene Knochen. Eine Behandlung von Burn-Out muss also immer auch eine Behandlung der Depression sein. Nur – einen verschobenen Wirbel kann ich sehen, Abnützung in der Hüfte, Bluthochdruck kann ich messen. Angst kann man nicht messen. Wenn es also jemand wirklich gut spielt – oder es sich nur lange genug selbst einredet und selbst fest genug davon überzeugt ist -, dann hat ein Psychologe kaum eine andere Chance, als ihm zu glauben.«

Fromm schüttelte den Kopf, trank einen Schluck und murmelte: »Verrückte Welt!«

Das Pummelchen mit dem Puppengesicht drängte sich an seinen Kollegen und sie küssten sich ausdauernd. Dann grinste er Fromm an und meinte: »In einer anderen wär dir ja sowieso langweilig.«

Markus Fromm konnte nur grinsend nicken, dann nahm die Band nach der kurzen Pause wieder Aufstellung. Das Kellerlokal war so voll, dass Fromm ab und an einen Blick auf seinen Kollegen vom Bauamt warf, aber den interessierten die baulichen Mängel an diesem Tag nicht. Die Musik der Band im Stil des Buena Vista Social Club war umwerfend und seine neue Flamme forderte ebenfalls einen beträchtlichen Teil seiner Aufmerksamkeit. Ganz sicher war sich Fromm nicht, warum er die beiden eigentlich begleitet hatte. Aber die Musik war es jedenfalls wert und es war ganz gut, dass er rauskam und unter Leute.

Die Kellner hinter der Bar waren mehr geworden und Fromm hielt sein leeres Glas in die Höhe.

»Noch ein Bier hätte ich gerne.«

Der neue Kellner kam, nahm das Glas und musste daran ziehen, weil Fromm es in seiner Überraschung nicht gleich losließ. Der neue Mann hinter der Theke war niemand anders als der kubanische Messerschwinger. Natürlich! Er war in einem Latino-Club und hörte einer kubanischen Band zu. Es war nicht so ungewöhnlich, hier auf diesen Mann zu treffen. Trotzdem war Fromm über seine Gedankenlosigkeit erschrocken. Aber der Mann machte keine Anstalten zu zeigen, dass auch er ihn erkannt hätte. Vielleicht hatte sich Fromm ja getäuscht. Möglich wäre auch das.

Der Mann kam wieder und stellte das volle Bierglas vor Fromm hin, aber diesmal war er es, der die Hand nicht wegnahm. Einen Augenblick lang sah er Fromm an, als müsste er erst überlegen, was denn zu tun sei. Dann meinte er, so leise es eben ging: »Ich mach' auch gleich einen Cuba Libre für den alten Rodriges dort drüben. Er braucht es, dass ihn die Leute einladen. Aber er revanchiert sich auch dafür. Er erzählt tolle Geschichten. Und ich glaube, Sie interessieren sich für alte Geschichten.«

Ein scheinbar uralter Mann mit ein paar vereinzelten weißen Barthaaren am Kinn grinste zahnlos aus einer Ecke, ganz hinten am Ende der Theke. Fromm nickte gottergeben und versuchte den Alten gleich wieder zu vergessen. Den Alten, der selbst auf diese Entfernung im schummrigen Licht so aussah, als hätte er sich schon seit Tagen nicht mehr gewaschen.

Irgendwann siegte dann doch seine Neugier. Aber das kaum verständliche Gebrabbel des Alten war nicht mal die Cola im Drink wert. Castro wollte er gekannt haben, Hemingway und die Kennedys. Ein Schwall von bekannten Namen brach über Fromm herein, krude Geschichten, unüberprüfbare Halbwahrheiten und freundliche Vermutungen. Gerüchte mit mehr als einem wahren Kern und offensichtliche Lügen. Immerhin, der

Mann hatte den Zweiten Weltkrieg als Junge erlebt, die Revolution in Kuba, den Kalten Krieg in den USA und Europa. Verrückte und wirre Zeiten, da konnten sich schon ein paar Erinnerungen verheddern und verklären. Fromm hatte dabei noch ein Bier getrunken und fühlte allmählich die Wirkung des Alkohols. Er hatte genug, in jeder Beziehung. Und er wollte schon zahlen, als er es sich noch einmal anders überlegte und doch noch eine Runde bestellte. Der Alte hatte einen Namen in den Mund genommen, der Fromm aufhorchen ließ. Dolmetscher sei er gewesen, lange Jahre, bei einem Rechtsanwalt, der immer wieder lateinamerikanische Kunden hatte. Ein ganz gerissener. Ja, der konnte schon rechnen, dieser Doktor Bartok.

Den ganzen nächsten Tag schleppte sich Fromm von einem Termin zum nächsten und verfluchte seine Fantasielosigkeit, was Getränke betraf. Vielleicht sollte er es zwischendurch doch auch mal mit etwas nicht Alkoholischem versuchen. Schlimmer konnten seine Kopfschmerzen dann auch nicht sein.

Als der junge Mann im Simmeringer Büro ihn sah, ließ er von seiner Tastatur ab, rollte zu seinem Schreibtisch und holte eine Packung Tabletten aus der Lade, die er Fromm wortlos auf den Tisch legte. Nachdenklich drehte Fromm die Packung in der Hand. Auch, weil schnelle Drehbewegungen seinen Augen und seinem Kopf schmerzten.

»Dasselbe Produkt, das unsere Ärzte verschreiben, nur über Internet als Generikum billiger und frei erhältlich.«

»Medikamente über Internet?«, brummte Fromm.

»Kann ins Auge gehen. Hast recht«, lachte der Junge. »Man muss halt aufpassen, bei wem man bestellt. Und wenn einer was verschenkt, dann ist höchste Vorsicht geboten.«

Markus Fromm grunzte gottergeben, schluckte eine der Tabletten und spülte mit einem Glas Wasser aus der Leitung nach. Dann setzte er sich und holte seine Unterlagen aus der Tasche. Sie sprachen ein paar der Dinge durch, die für das Simmeringer Bezirksbüro interessant waren, der junge Mann nahm zwei Telefonate in der Zeit entgegen und Fromm fühlte, wie sich der Druck an seiner Schädelinnenseite allmählich verringerte. Er konnte auch schon den Kopf schütteln, ohne gleich hämmernde Schmerzen zu haben. Also schluckte er eine zweite Tablette.

›Ich sollte wirklich mit dem Saufen aufhören‹, sagte er sich, während er auf die Straße hinaussah und darauf wartete, dass sein Kollege ein langwieriges Gespräch beendete. Endlich legte er den Hörer auf, lehnte sich zurück und atmete schwer durch.

»Was war das jetzt?«, wollte Fromm wissen und der junge Mann lachte müde.

»Der Kerl wollte in einem Pflegeheim anrufen und hat nur seine Aktenzahl. Und das funktioniert nicht, weil er so ein altes Telefon hat. Da kann er nämlich das ›FSW‹ am Anfang der Aktenzahl nicht wählen. Das ist nämlich das Problem, dass alle immer alles moderner machen müssen und er nur ein altes Telefon hat.«

»Er will die Aktenzahl am Telefon wählen?!«

»Offensichtlich ist dem Kunden der Unterschied zwischen Aktenzahl und Telefonnummer nicht so ganz geläufig«, knurrte der junge Mann zynisch und Fromm verstand die Splitter des Gespräches nun besser.

»Darum hast du immer wieder gefragt, ob er die Telefonnummer nun hat!«

»Und ich garantiere dir, er hat es nicht kapiert«, seufzte der junge Mann und fuhr sich über die kurzen Haarstoppeln. »Ich weiß schon, warum ich Computer lieber um mich habe als Menschen.«

Fromm ordnete seine Unterlagen zu Stößen und schüttelte leicht den Kopf.

»Dann bist du hier aber ganz und gar nicht richtig.«

»Das denke ich mir schon lange. Aber – andererseits – ein Job beim Magistrat ist ein sicherer Job. Und hier hab ich doch so meine Freiheiten.«

Er grinste breit und Fromm grinste zurück. Doch dann kam ihm etwas in den Sinn und er wurde ernst.

»Apropos Freiheiten – du hast mir doch die Sachwaltschaftsdaten von dem Magister Bartok besorgt. Da hast du auch noch was gut bei mir. Nur, wie sieht es mit seinem Vater aus, dem alten Rechtsanwalt? Meinst du, man könnte über den auch was herausfinden?«

Der junge Mann sah auf seinen Bildschirm hinüber, kratzte sich an der Schulter und machte ein nachdenkliches Gesicht. Dann grinste er breit und wiegte den Kopf.

»Herausfinden kann man über jeden so ziemlich alles. Es ist nur eine Frage des Aufwands. Bei den Sachwaltschaftsdaten war das einfach. Beim alten Doktor ist es ein wenig schwieriger. Weil das alles sicher länger zurückliegt. In Vor-EDV-Zeiten sozusagen. Und das wird dann sicher auch ein kleines Problem mit der Legalität.«

»Okay«, winkte Fromm ab. »Dann vergiss es.«

Der junge Mann grinste breit und kratzte sich wieder.

»Du hast doch nicht wirklich angenommen, dass ich die Grenzen der Legalität ausloten würde? Aber Markus!«

Obwohl Fromm Brollis Telefonnummer hatte, fuhr er lieber durch die halbe Stadt, um seinen alten Freund zu sprechen. Und da der feine Herr gerade Mittagspause machte, fand Fromm auch nichts dabei, ihn zu suchen um ihm Gesellschaft zu leisten. In den engen Gassen des Spittelbergviertels standen die Tische noch auf dem Kopfsteinpflaster, denn die Leute wollten draußen sitzen. Auch wenn sich die meisten von ihnen in dicke Jacken wickelten. Der Winter würde lange und grau genug sein und jeder wollte noch die letzten halbwegs schönen Tage nutzen. Das war dann wohl auch die Zeit, in der das Gastgewerbe die meisten Krankenstände verzeichnete. Brolli saß ziemlich weit oben in der Gasse, sah Fromm und winkte ihm zu. So hatte dieser gar keine Bedenken mehr ihn zu stören. Obwohl Brolli nicht allein war. Eine Frau mit schwarzen Haaren saß ihm gegenüber und wandte Fromm den Rücken zu.

»Hallo ihr beiden«, sagte Fromm und sah seine Ex-Frau mindestens ebenso überrascht an wie sie ihn. Fast war ihm, als flöge eine leichte Röte über ihre Wangen.

»Es ist wegen den Aufnahmeprüfungen«, erklärte sie schnell und ihre Zungenspitze fuhr über die vollen Lippen. Fromm nickte stumm und bemerkte, dass ein Winkel seines Gehirnes sich eigenartige Gedanken machte. Brolli schien von den schnellen Gedanken der beiden nichts zu bemerken. Elegant wie immer saß er da und lächelte huldvoll.

»Setz dich zu uns«, meinte er und wies auf einen der leeren Stühle. »Ich hab Neuigkeiten, die dich interessieren dürften.«

Fromm setzte sich und konnte dabei nicht anders, als zu bemerken, dass das weiße T-Shirt seiner Ex unter der Jacke ziemlich tief ausgeschnitten und eng war, was ihre ansehnlichen Brüste sehr vorteilhaft zur Geltung brachte. Es war unwahrscheinlich, dass Brolli es nicht auch bemerkt hatte.

Markus Fromm setzte sich und schüttelte unmerklich den Kopf. Sie waren geschieden, und es ging ihn wirklich nichts an, wenn sie ein Verhältnis mit Brolli hatte. Andererseits, Brolli verhielt sich so, wie sich Kollegen eben bei einer Mittagspause verhalten. Andererseits wollte sie in den Kripo-Dienst und Brolli konnte ihr dabei helfen. Eine in Aussicht gestellte Gegenleistung abzuschlagen wäre da mehr als dumm. Andererseits – ach, es ging ihn wirklich nichts mehr an und der Typ dafür war sie so überhaupt nicht! Obwohl, wann hatte er sie das letzte Mal Make-up benutzen gesehen? Sein Verstand sagte das eine, sein Bauch das andere. Oder das Ding unter seinem Bauch. Ihr Männer denkt nur mit eurem Schwanz, hatte sie immer behauptet.

»Was für Neuigkeiten?«, konnte er sich endlich durchringen zu fragen und bekam gleichzeitig vom

Kellner die Speisekarte in die Hand gedrückt. Aber er bestellte nur Kaffee. Kaum war der Kellner gegangen, als Brolli ihm eine dünne Mappe über den Tisch reichte und grinste.

»Ist gut, dass du nichts essen willst«, meinte er dabei. »Das ist der Obduktionsbericht von der Morales. Mit Fotos.«

Fromm atmete durch und öffnete dann die Mappe. Aber es war halb so schlimm. Eigentlich wie das Kühlpult einer Fleischhauerei. Nur die Aufnahmen vom Gesicht hätten ihm wahrscheinlich den Appetit verdorben.

»Wow«, meinte er. »Wie habt ihr sie eigentlich identifiziert? Das Gesicht, die untere Hälfte ist ziemlich – weg.«

Automatisch schloss er die Mappe und sah auf, als jemand hinter ihm vorbeiging. Fotos dieser Art zeigte man nicht in der Öffentlichkeit. Die ließ man im Büro. Aber über Brollis Verhalten wollte er sich nicht mehr wundern. Jetzt wollte er es einfach zu Ende bringen. Manuela Fromm stocherte ziemlich lustlos in ihrer Nachspeise und schielte nach der Mappe. Offensichtlich kannte sie den Inhalt.

»Ja«, meinte sie dann, »eine Identifikation über das Zahnbild wäre schwierig gewesen.«

»Hat ihre Schwester sie identifiziert?«, fragte Fromm nach, doch Brolli schüttelte den Kopf und vertilgte den letzten Bissen seines Desserts.

»Nein«, kaute er und schluckte hinunter. »Ihr Partner war kurz da, der stammelte aber nur was von ihren Augen. Aber wir hatten Gott sei Dank andere Möglichkeiten. Die Morales-Schwestern waren so vorsichtig, Eigenblutkonserven für mögliche Operationen anzulegen. Mit einem DNA-Abgleich konnten wir sie durch diese Eigenblutreserve identifizieren.«

Fromm legte die Mappe vorsichtig auf den Tisch und sah seinen alten Schulfreund nachdenklich an. So lange, bis dieser grinste.

»Ja«, meinte Brolli dann, »du vermutest richtig. Die Blutkonserve ist aus der Blutbank, in der Doktor Weingartner arbeitet. Der Freund der Ermordeten, der jetzt um die andere Schwester herum ist.«

Fromm nickte, sah die Mappe an und spielte ein wenig damit.

»Vielleicht hat sie die Eigenreserve nur angelegt, weil sie ihn kannte. Vielleicht hat sie ihn dabei auch erst kennengelernt«, überlegte die Polizistin in Zivil und die beiden Männer sahen sie an. Anders als zuvor. Jetzt war sie ganz Kollegin.

»Abgesehen davon«, nahm Brolli den Faden wieder auf, »wird bei jeder Obduktion auch die Möglichkeit eines Missbrauches ins Auge gefasst. Lies mal den vorletzten Absatz auf der letzten Seite.«

Fromm nahm die Mappe wieder auf und blätterte von hinten. Er las, runzelte die Stirn und las noch einmal. Dann spitzte er die Lippen, legte die Mappe auf den Tisch und schob sie wieder zur Brolli hinüber.

»Hätte man bei einer Frau wie ihr gar nicht vermutet«, nickte Brolli. »Da hat sie einen jungen Freund und doch offensichtlich seit längerer Zeit keine sexuellen Kontakte mehr.«

»Es gibt so viele Abarten von Sexualität«, konterte

Fromm ebenso nachdenklich. »Vielleicht hat sie etwas mehr erregt als ein Koitus.«

Manuela Fromm klopfte mit der Gabel auf den Teller, hörte aber erschrocken auf, als die Männer sie ansahen.

»Tschuldigung«, meinte sie. Und dann: »Mir ist nur was anderes eingefallen. Vor ein paar Jahren gab es mal so eine Werbeaktion – Verhütung von Schwangerschaften unter gesundheitlichem Aspekt. Oder so. Da haben sich prominente Frauen für die Verhütung durch das Einsetzen einer Spirale ausgesprochen. Und es angeblich auch getan. Ich bilde mir ein, die Ermordete war dabei. Ich müsste mal nachsehen. Der Obduktionsbericht erwähnt jedenfalls nichts davon.«

»Ausgezeichnet, Kollegin«, meinte Brolli und strahlte sie an mit einem Lächeln, das gerade noch kollegial war. Fromm sah von einem zur anderen und war sich nicht sicher, was er sah. Darum war er ganz froh, dass der Kellner endlich seinen Kaffee brachte. Während er schweigend den Zucker verrührte, sah seine Ex plötzlich auf und grinste.

»Sie kommen wieder«, meinte sie und wies mit dem Kopf die Gasse hinauf. Brolli hob die Augenbrauen und Fromm sah sich verwirrt um. In den nächsten Minuten stolzierten drei junge Mädchen an den Lokalen vorbei und zogen alle Blicke auf sich. Allerdings nicht nur, weil sie streng nach islamischer Sitte bis auf ihr Gesicht ganz verhüllt waren. Nun, theoretisch waren sie verhüllt. Zwar trugen alle drei das klassische Kopftuch, das Haar und Stirn den Blicken der Welt verbarg, doch waren ihre Blusen und Hosen so eng, dass sie jede der jungen Rundungen prächtig nachzeichneten. Die hohen Absätze, auf denen sie entlangklapperten, und die leuchtenden Farben ihrer Kleidung taten ein Übriges, um jedermanns Aufmerksamkeit auf sich zu ziehen.

»So sind die sicher nicht von zu Hause weggegangen«, brummte Fromm und dachte an den jungen Türken und seine serbische Freundin.

»Dem Propheten hätt's gefallen«, konterte Brolli und Manuela meinte: »Aber der Koran erlaubt das sicher nicht.«

Markus Fromm runzelte die Stirn und überlegte kurz.

»Der eigentliche Koran schreibt meines Wissens gar nichts darüber. Denn das sind die Worte, die der Erzengel dem Propheten offenbart hat. Die Geschichte mit der Verhüllung kam erst später als Verhaltensregel dazu. Und ich bilde mir ein, Mohammeds zweite Frau war daran nicht unschuldig.«

Brolli betrachtete seinen alten Schulkollegen verwundert, dafür lächelte seine Ex-Frau säuerlich.

»Er hat's mal mit Religionswissenschaften gehabt. Und seither weiß er auf alles eine Antwort!«

Fromm sah sie einen langen Augenblick an und trank dann einen Schluck von seinem Kaffee.

»Es gibt Dinge, die ich weiß, und Dinge, die ich nicht weiß«, bemerkte er sehr ruhig. »Ich weiß zum Beispiel, dass du heute ganz besonders gut aussiehst.« Er machte eine kleine Pause und sie errötete tatsächlich ein ganz klein wenig. »Ich weiß aber nicht«, fuhr er dann fort und wandte sich zu Brolli, »was ich von dem alten Doktor Bartok halten soll. Ich stolpere immer wieder über ihn. Vielleicht könnt ihr beiden mir ja ein wenig auf die Sprünge helfen.«

»Eine böse Sache! Ganz schlecht für Haus!«

Der Mann mit dem hohen Haaransatz griff unter sein Poloshirt und kratzte sich genüsslich am Bauch, was ihm einen strafenden Blick der Frau neben ihm eintrug.

Markus Fromm öffnete seine Jacke ein wenig und nickte.

»Ja«, meinte er, »in so einem Haus wird immer viel geredet.«

»Oh«, bestätigte der Mann. »Geschichten könnt ich Ihnen erzählen. Manchmal, ich glaube, nur Verrückte hier in Haus.«

Wieder bewegte sich die Frau neben ihm unwillig, aber sie sagte nichts. Dafür drängte jetzt ein junges Mädchen an den beiden vorbei, blieb aber erschrocken stehen, als sie Fromm sah.

»Unsere Tochter Milka«, sagte die Frau und Fromm nickte dem Mädchen freundlich zu.

»Ich treffe mich mit meinen Freundinnen, Danna und Lenja«, sagte das Mädchen und warf einen schnellen Blick auf Fromm. Ihr Vater brummte nur, die Mutter meinte halbherzig: »Aber mach nicht zu lange!«, weil sie wusste, dass es sinnlos war, und Markus Fromm sagte gar nichts. Auch wenn er sich denken konnte, dass die Freundinnen in Wahrheit ein junger Türke waren. Es war nicht an der Zeit Probleme zu machen. Die kamen für die beiden ganz von allein. Oder die Sache schlief ein, bevor sie Probleme bekamen. Er glaubte eher an

Letzteres. Nachdenklich sah er dem Mädchen nach, das an ihm vorbei und aus dem Torweg huschte. Man warf den Wienern immer vor, dass sie Ausländern nicht gut gesinnt waren. Dabei waren die meisten Menschen in dieser Stadt selbst irgendwann Ausländer gewesen. Oder zumindest ihre Eltern. Aber die ethnischen Gruppen untereinander brachten nur sehr wenig Verständnis auf. Der Vater des Mädchens war Serbe und glich dem Vater des jungen Türken in seiner Ablehnung des anderen weit mehr, als er selbst je glauben würde.

»Milka ist braves Mädchen!«, ließ die Mutter sich bestimmt vernehmen und Fromm wurde klar, dass er ihr schon viel zu lange hinterhersah.

»Sie werden so schnell erwachsen«, seufzte Fromm und der Vater grinste breit: »Oh, meine Tochter da noch viel, viel Zeit!«

Niemand widersprach dem Mann, aber die beiden anderen warfen ihm einen schnellen Blick des Mitleides zu.

»Ist die Wohnung der Morales eigentlich schon wieder vergeben?«, fragte Fromm, um das Thema zu wechseln und wieder auf den eigentlichen Grund seines Besuches zurückzukommen.

Der Mann verneinte und Markus Fromm schwieg ein paar Atemzüge lang. Es war unnötig zu fragen und tatsächlich sprudelte der Hausmeister schnell los. Erzählte über die Geschichten, die im Haus umgingen, und die Vermutungen, die angestellt wurden. Vieles davon war blanker Unsinn. Die meisten Bewohner, das Hausmeisterehepaar eingeschlossen, verdächtigten »irgendwelche ausländischen Diebesbanden aus dem Osten«, Zigeuner oder anderes Flüchtlingsgesindel. Doch dann horchte Fromm auf, als der Mann bedauerte, dass die Ermordete nicht an ihren Gewohnheiten festgehalten hatte. Sonst war sie immer gelaufen, wenn jeder sie sehen konnte und sehen musste. Kein Mann hätte weggesehen, wenn sie vorbeigelaufen wäre oder hätte es nicht bemerkt! Gar nichts hätte ihr geschehen können, wenn sie zu der Zeit gelaufen wäre wie immer. Aber nein, diesmal musste sie ja mehr als eineinhalb Stunden früher aus dem Haus. Wo niemand auf dem Hof war oder hinaussah. Und er machte sich Vorwürfe. Ein Fremder musste in den Innenhof gelangt sein. Jemand aus dem Haus konnte so etwas nicht getan haben – alles nur nette Leute hier! Aber was sollte er machen? Nach dem Mord hatte er ja versucht das Tor geschlossen zu halten, aber am Morgen, da beschwerten sich die Leute, keiner hätte Zeit, auch nur ein paar Minuten zu warten. Er hätte nichts anderes mehr tun können, als vorne zu stehen und das Tor auf- und zuzumachen, weil einer nach dem anderen wegfuhr. Aber so viel Zeit hätte er nicht.

Inzwischen war es weit nach Mittag und das Tor war immer noch offen. Und besser aufpassen würde der Mann auch nicht, tat er nicht, sonst hätte er den Freund seiner Tochter längst erwischt, da war sich Fromm ziemlich sicher. Zumindest erfuhr Fromm, dass die Schwester der Ermordeten begonnen hatte, die Wohnung räumen zu lassen und so ziemlich alle persönlichen Dinge mit sich genommen hatte. Auch die wunderschönen Bilder der Verstorbenen hatte sie mitgenommen. Der

Rest der Möbel und ein Großteil der Kleidung würden durch die Caritas geholt. Die verlangten jetzt auch schon Geld dafür, sich Sachen schenken zu lassen!

Fromms Mobiltelefon läutete, er holte es aus der Tasche, verabschiedete sich von dem Ehepaar auf den Stufen und nahm das Telefonat entgegen.

»Hallo Manu«, meinte er, »was verschafft mir die Ehre?«

»Brolli hat gesagt, ich soll mich mit dir in Verbindung setzen«, meinte Manuela Fromm am anderen Ende und es klang, als wäre sie selbst überrascht darüber, dass sie es tatsächlich getan hatte.

»Bartok?«

»Ja«, bestätigte sie. »Aber eigentlich nicht wirklich was. Er hat eine ziemlich weiße Weste, kaum Verbindungen zur Unterwelt, hat viel mit Diplomaten und so gearbeitet. Viel für Ausländer, zumeist Spanier oder Ähnliches. Kein Ostblock, kaum Araber. So ziemlich alles – Wirtschaftssachen, Scheidungen und Unterhalt, diplomatische Immunität bei Strafverfolgung – aber immer nur kleine Delikte. Verkehrssachen und so. Er hat gut verdient und ist immer noch gern gesehener Gast bei Veranstaltungen mit Diplomaten. Aus dem Geschäft dürfte er sich aber zurückgezogen haben. Die Kanzlei führt seit Jahren sein Sohn. Auch eher einfache Sachen, nullachtfünfzehn. Ich finde nichts, was ihn mit dem Mord an der Morales in Verbindung bringen könnte. Nur weil er die Erbschaftssache bei ihrer Mutter abgewickelt hat? Das ist zu dürftig.«

Fromm schwieg und überlegte, während er gemächlich die Gasse hinaufging.

»Irgendetwas übersehen wir«, meinte er endlich.

Manuela Fromm lachte hell auf.

»Find ich ja witzig! Genau das Gleiche hat Jonas auch gesagt, nachdem er den Obduktionsbericht gelesen hatte.«

»Zwei Fliegen können nicht irren. Da liegt Scheiße«, brummte Fromm und wurde sich irritiert klar darüber, dass sie Brollis Vornamen benutzt hatte. Standen sich die beiden schon so nahe?

»Scheiße – oder ein Honigtöpfchen, das man umschwirren kann«, murrte sie. Und Fromm freute es irgendwie, dass ihr nicht entgangen war, dass Brolli auch für die Reize der Schwester der Ermordeten durchaus empfänglich war.

»Ich war eben noch mal bei dem Hausmeister«, erzählte er drauflos. »Die Schwester der Ermordeten hat die Wohnung inzwischen geräumt und die persönlichen Sachen zu sich genommen. Aber, was wirklich interessant war, er ist der Meinung, dass die Ermordete mit ihren Gewohnheiten gebrochen hätte. Sonst wäre sie immer sehr viel später laufen gegangen, wo jeder sie sehen konnte. Diesmal war es um einiges früher, er meint sogar eineinhalb Stunden. Wenn es jemand tatsächlich auf sie abgesehen hatte, dann war er viel zu früh dran.«

»Das deckt sich mit ihrem Run-Account«, stimmte sie zu. Kurzes Schweigen herrschte zwischen ihnen und sie schien auf etwas zu warten. Dann meinte sie: »Du weißt schon, was ein Run-Account ist?«

»Du hattest auch mal so was«, konterte er dumpf. »Die

Leute lassen alle Welt wissen, wann sie wo und wie gelaufen sind. Um sich beklatschen zu lassen.«

»Nicht alle Welt, nur ihre Facebook-Freunde. Hätte der Mörder sie und ihre Gewohnheiten gekannt, hätte er ihr auflauern wollen, dann wäre er erst viel später gekommen. Darum denkt Jonas, dass sich Täter und Opfer zufällig begegnet sind. Aber was anderes, Information gegen Information«, setzte sie schnell hinzu, als auch ihr auffiel, dass sie den ermittelnden Major schon wieder beim Vornamen genannt hatte. »Der Morales, also der Schwester, ist mit einem Mal eingefallen, dass sich ihre Schwester, also die Ermordete, in der letzten Zeit verfolgt gefühlt hätte. Davon hat sie aber weder ihrem Freund noch ihren Mitarbeiterinnen etwas erzählt, noch wäre denen was Ungewöhnliches aufgefallen.«

»Naja«, brummte er, »das würde zumindest erklären, warum sie ihre Gewohnheiten geändert hat. Ich hab ja auch Besuch bekommen. Aber deswegen zwei Stunden früher aufstehen?«

»Ich hab davon gehört«, meinte sie leise. Und dann: »Markus? Pass auf auf dich, versprich mir das!«

Er grinste schief, was sie nicht sehen konnte. Und er konnte es sich nicht verkneifen zu antworten: »Und du grüß mir Jonas schön.«

»Dein Doktor Bartok ist ein ganz schöner Lümmel!«

Dieter betrachtete die Werkbank misstrauisch, dann drehte er sich doch herum und setzte sich darauf. Ließ die Beine baumeln. Markus Fromm wischte sich die Hände in ein Tuch und bemerkte, dass das Tuch kaum sauberer war als seine Hände. Also warf er es zu anderen in eine Ecke.

»Das war mir auch schon klar«, meinte er und sah auf den zerlegten Motorblock hinunter. »Aber wie bist du zu dieser Erkenntnis gekommen?«

»Du sagtest, du interessierst dich für ihn, also habe ich mich ein wenig umgehört. Habe mit ein paar Leuten geredet und so.«

Unwillkürlich musste Fromm an die Geschichte von diesem Oberst denken, die ihm der kleine Amerikaner erzählt hatte. Ob Dieter auch …? Er atmete tief durch und ging sich die Hände waschen. Aus dem hinteren Teil der Werkstatt rief er: »Und so hast du erfahren, dass er krumme Dinger macht? Oder gemacht hat?«

»Ganz und gar nicht!«, rief der junge Mann zurück, sprang von der Werkbank herunter und kam hinterher. »Ich bin mir sogar ziemlich sicher, dass der nie in seinem Leben ein krummes Ding gedreht hat. Soweit man sich halt bei einem Rechtsanwalt sicher sein kann.« Er grinste, lehnte in dem Türstock und sah Fromm zu, der an seinen Händen schrubbte. »Was Bartok gemacht hat, das war immer vollkommen legal. Es waren – für mein Rechtsverständnis – ein paar krasse Dinger dabei, aber immer vollkommen legal. Dein Doktor Bartok kannte genug Schlupflöcher in den Gesetzen, der musste kein krummes Ding drehen.«

Fromm betrachtete die hartnäckigen schwarzen Ränder unter seinen Nägeln und fragte sich, warum er schon wieder an seinen Fahrzeugen schraubte.

»Geht es ein wenig genauer?«, fragte er dann und

klang bei Weitem mürrischer, als er eigentlich war. Der junge Mann schien nichts davon zu bemerken.

»Er hat nichts Außergewöhnliches gemacht«, fuhr er fort. »Zumeist hat er Wirtschaftssachen über die Bühne gebracht – Beteiligungen, Verkäufe und solche Sachen. Ich lehne mich mal raus und behaupte, die Hälfte der noblen Liegenschaften ist über seinen Tisch gegangen. Und er hat zahlungskräftige Diplomaten davor bewahrt, in die Mühlen der österreichischen Justiz zu kommen. Wenn Diplomaten Autounfälle bauen, dann gibt es dort Immunität, wo unsereiner ein paar Jahre Haft wegen fahrlässiger Tötung aufgebrummt bekommt. Von anderen, kleineren Delikten gar nicht zu reden. Was auffällt, sind seine guten Beziehungen zum diplomatischen Corps in Wien. Und das über Jahrzehnte. Und dass er sich auch im internationalen Recht ganz gut auszukennen scheint. Alles in allem nichts Außergewöhnliches, nichts Herausragendes, nichts besonders Auffälliges. Dass er da die Sache mit der Erbschaft der Morales übernommen hat, passt durchaus ins Bild. Zwei hübsche, junge Damen, ein paar Streitigkeiten nach internationalem Recht. Vielleicht auch die eine oder andere Intervention von diplomatischer Seite.«

Fromm nickte in Gedanken und ging an ihm vorbei aus der Werkstatt in den Wohnbereich. Dieter folgte ihm bis in die Küche, wo Fromm den Kühlschrank öffnete und zwei Flaschen Bier herausholte.

»Hättest für mich ein Radler? Ich bin mit dem Moped da«, meinte der junge Mann und Fromm stellte eine der Flaschen zurück und holte eine andere heraus.

Moped war an sich die umgangssprachlich fast verschwundene Bezeichnung eines sehr schwach motorisierten Kleinkraftrades für Jugendliche. Was Dieter liebevoll als sein Moped bezeichnete, war eine Honda mit 1100 Kubikzentimetern und keineswegs ein Fahrzeug für Jugendliche. Darum hielt Fromm ihm jetzt wortlos die Bier-Limo-Mischung hin und sie stießen an.

»Danke, dass du dich umgehört hast«, meinte Fromm dabei. »Auch wenn ich gesagt habe, du solltest die Finger davon lassen.«

»Nein«, grinste Dieter und trank einen Schluck. »ICH habe gesagt, DU sollst die Finger von Bartok lassen. DU hast nur gesagt, ich soll nichts Illegales machen.«

»Was du hoffentlich auch nicht gemacht hast.«

»Wo werd ich mich denn für seine Konten interessieren oder für die Bewegungen darauf. Für die Beträge, die da von Person zu Person verschoben werden über ihn. Oder für die Möglichkeit, dass er in seinem Ruhestand viel reist und womöglich ein wenig als Kurier dabei arbeitet. Ich bitte dich! Ich doch nicht! Zumal das ja alles nichts mit der Familie Morales zu tun hat.«

Sie plauderten noch eine ganze Weile, bis sich der junge Mann verabschiedete und auf sein Motorrad schwang. Markus Fromm räumte noch die leeren Bierflaschen weg und ging in die Werkstatt neben der alten Tankstelle, um das Licht auszumachen. Dort stand er, die Hand am Lichtschalter, und besah sich die Einzelteile seines zerlegten Motorrades. Warum baute er es nicht einfach zusammen und ließ es gut sein? Warum beschäftigte er sich immer wieder mit Dingen, bei denen das Gefühl übrigblieb, dass er es nur getan hatte, damit die Zeit verging? Er hatte das Gefühl, auf etwas zu warten, ohne zu wissen worauf. Dabei gab es genug Dinge, die endlich getan werden mussten.

Gleich morgen früh würde er es in Angriff nehmen.

Der Mann betrachtete das Mobiltelefon, sah, wie das Display dunkel wurde, und legte es vor sich auf den Tisch. Eine ganze Weile sah er es an, ohne einen klaren Gedanken fassen zu können, dann stand Markus Fromm auf, ging zu seiner Kaffeemaschine und ließ sich noch einen Kaffee in seine Tasse. Das laute Vibrieren des Mahlwerkes und das Zischen des Brühvorganges hätten Gedanken übertönt, falls welche gekommen wären. Aber Fromms Kopf war leer. Alles hatte er so schön durchgedacht, alles sich so schön ausgemalt in leuchtenden Farben. Alle Möglichkeiten hatte er in Gedanken durchgespielt. Alle, die ihm eingefallen waren. Nur mit dem Naheliegendsten hatte er offensichtlich nicht gerechnet. Er riss einen kleinen Beutel auf und ließ den Zucker in den braunen Schaum gleiten. Als er dann zum Kühlschrank wollte, hörte er die Schritte im Hof, verstärkt durch das große Dach der alten Tankstelle. Gleich darauf klopfte es an der Tür und Fromm nahm die Tasse mit dem brühend heißen Kaffee automatisch mit, als er nach vorne ging, um nachzusehen.

»Wozu habe ich eigentlich eine Klingel, vorne am Tor?«, fragte er mürrisch und fühlte sich doch erleichtert über die große, breitschultrige Gestalt vor sich.

»Hättest auch einen Kaffee für mich?«, fragte Rulicik und wies auf die Tasse in Fromms Hand.

Fromm nickte nur und gab den Weg frei ins Haus. Während er Kaffee machte, betrachtete er den schönsten Polizisten Wiens, der sich schweigend an den Küchentisch gesetzt hatte.

»Du hast schon mal besser ausgesehen«, meinte er endlich, als er die Tasse vor ihn auf den Tisch stellte. Rulicik sah kurz auf und tatsächlich wirkte sein Gesicht grau unter der Bräune, waren die Lippen verkniffen und die Augen trüb.

»Steht es morgen in der Zeitung?«, fragte Fromm, weil er dieses Gesicht kannte, und setzte sich ebenfalls an den Tisch. Rulicik sah von seiner Tasse auf, grinste kurz und hässlich und zuckte dann mit den Schultern.

»Wahrscheinlich schon. Ist ›ne tolle Geschichte für's Gratisformat«, knurrte er dabei. »Wir haben einen Tipp bekommen, dass drei ältere Damen so was wie eine Privatklinik betreiben. Sachen, die ein Arzt nicht machen würde. Du weißt schon – Beschneidungen bei Mädchen und solche Dinge. Abgesehen davon, dass alle drei in Österreich geboren sind, sie berufen sich auf kulturelle Eigenständigkeit, weil irgendeine Großmutter aus Afrika kommt. Weißt du, die haben nicht nur Beschneidungen bei Jungen und Mädchen gemacht, sondern auch Abtreibungen. Und das alles, was sie herum- und herausgeschnippelt haben, das haben sie nur in Kübel geworfen und stehen gelassen, in dem Drecksloch von Hinterzimmer, wo sie das gemacht haben. Bis ich den Geruch wieder aus der Nase bekomme, vergehen Jahre!«

»Beschneidungen an Mädchen? Hier in Wien?«, fragte Fromm nach, obwohl er es eigentlich besser wusste.

»Abtreibungen bis zum achten Monat«, entgegnete Rulicik bitter. »Weil der Herr Papa mit dem Schwiegersohn nicht einverstanden war. So sind wir dahintergekommen. Der Vater des Babys hat uns den Tipp gegeben.«

Sie starrten beide schweigend in ihre Tassen, dann fragte Fromm noch: »Was geschieht mit den Frauen?«

»Keine Ahnung«, zuckte Rulicik mit den Schultern. »Vorsätzliche Körperverletzung mit gewerblicher Absicht. Vielleicht auch Nötigung. Im Fall der letzten Mutter auf jeden Fall, denn die war mit der Abtreibung nicht einverstanden. Viel werden sie nicht ausfassen, vor allem, wenn sie wieder einen Richter finden, der Verständnis für die kulturellen Eigenheiten einer Bevölkerungsgruppe aufbringt!«

Ruliciks Stimme klang noch eine Spur bitterer und in ihr schwang der ganze Frust seines Berufsstandes mit. Es war schon eine geraume Weile her, dass ein Richter den Ehrenmord eines Türken an seiner Tochter kaum geahndet hatte, was er mit der kulturellen Eigenheit der türkischstämmigen Bevölkerung zu begründen versuchte. Das Urteil wurde zwar aufgehoben und der Richter ermahnt. Aber der Schock bei den Polizisten saß tief. Woran sollten sie sich noch halten, wenn kulturelle Eigenheiten mehr zählten als gesetzliche Normen?

»Willst du was anderes Verrücktes hören?«, fragte Fromm. Weniger um zu erzählen, als um das Schweigen zu brechen.

»Hm?«, meinte der Polizist nur und sah erwartungsvoll auf.

»Ich war heute mit einer Kundin bei der Untersuchung für ihre Invaliditätspension, weil sie sich nicht mehr allein auf die Straße wagt.«

Rulicik sah nun erwartungsvoll auf den unscheinbaren Mann an der anderen Seite des Tisches und wartete auf die Pointe.

»Heute heißt sie Gisela. Früher hieß er Franz.«

»Geschlechtsumwandlung?«

»Ja«, nickte Fromm und konnte ein Grinsen nicht unterdrücken. »Vor ca. zwei Jahren hat sie sich umwandeln lassen. Vor drei Monaten ist sie sozusagen vergewaltigt worden. Und jetzt ist sie so mit den Nerven fertig, dass sie keiner Arbeit mehr nachgehen kann. Hat sie vorher übrigens auch nicht getan.«

»Dein Mitleid scheint sich in Grenzen zu halten.«

»Ja und nein.«

Markus Fromm stand auf, trat unschlüssig noch einmal vor seine Kaffeemaschine aber stellte die Tasse dann in die Spüle.

»Es ist schlimm, was mit ihr passiert ist – und ich möchte um nichts in der Welt tauschen –, aber meistens liegt es doch bei den Menschen selbst.«

»Hey« begehrte der Polizist auf. »Sei vorsichtig, wenn du behaupten willst, jemand wäre selbst schuld daran, vergewaltigt worden zu sein!«

»Nein«, Fromm hob abwehrend die Hände. »Tu ich ganz sicher nicht. Aber es ist die ganze Lebenseinstellung, denn es ist doch oft so, dass Menschen sich so vollkommen blind für ihre Umwelt verhalten, dass sie sich ohne zu denken in Situationen begeben, die durchaus gefährlich werden können. Und dann können sie mit den Situationen nicht umgehen. Sie ist freiwillig mit den beiden Typen in deren Wohnung gegangen. Und hat sich dann gewundert. Vielleicht rede ich mir auch viel zu leicht, aber ich kann doch nicht zulassen, dass ein Zwischenfall mein ganzes restliches Leben bestimmt. Vielleicht bin ich mal auf die Nase gefallen, und es hat verflucht wehgetan, aber ich kann doch nicht auf ewig in dieser ›Au-Weh-Stellung‹ verbleiben, jeden neuen Gedanken abbrechen, mich in ein Eck stellen und erwarten, dass die Menschen rund um mich sich um alles kümmern. Sieh dir die Morales an! Ihre Schwester ist ermordet worden, und das auf eine durchaus schlimme Art und Weise. Sie hatte einen Nervenzusammenbruch und jede Menge Probleme. Und die Polizei hat keine Ahnung, wo sie zu suchen beginnen soll. Und trotzdem rappelt die Frau sich wieder hoch.«

»Du hast sie getroffen?«, fragte Rulicik.

»Ich seh sie heute Abend«, gestand Fromm. »Nachdem der werte Herr Doktor Bartok nicht zu erreichen ist, muss ich noch mal mit ihr reden.«

»Wäre es nicht besser, du würdest die Finger von der Sache lassen? Von wegen Situationen, mit denen man nicht umgehen kann.«

Rulicik saß immer noch der Schreck im Nacken, dass er seinen Freund vor dem kubanischen Lokal nicht hatte beschützen können. Er schien sich darüber weit mehr Gedanken zu machen als Fromm selbst.

»Es gibt da ein paar Dinge, die Brolli nicht weiß«, gestand Fromm und winkte auch gleich wieder ab, als Rulicik etwas sagen wollte. »Nichts Wichtiges. Dummheiten, Fantastereien, uralte Geschichten – nichts, das wirklich einen Anhaltspunkt bietet. Und doch stolpere ich immer wieder darüber. Immer wieder über den alten Bartok und die Geschichte mit der Erbschaft. Sollte sich irgendein Anhaltspunkt ergeben, sage ich es sofort Brolli – versprochen! Aber jetzt, so, würde er mich nur auslachen.«

Der dunkelhäutige Mann am Tisch drehte die Tasse in seinen Händen. Dann trank er den letzten Schluck, stand auf und stellte sie zu der anderen in die Spüle.

»Glaube ich nicht«, meinte er dabei. »Brolli ist von dem Fall inzwischen so angepisst, dass er jede Theorie nehmen würde – wenn es denn eine gäbe. Was sagt dieser Bartok eigentlich zu der ganzen Sache?«

Fromm lachte auf und ging aus der Küche, um seine Jacke zu holen.

»Der werte Herr Doktor ist zurzeit leider nicht zu erreichen. Er weilt zur Kur im Ausland, ist dort nicht aufzufinden und wird erst in ein paar Tagen wieder zurückerwartet. Da ist er nämlich zu einem Empfang in einer Botschaft eingeladen.«

Rulicik runzelte die Stirn bei den Worten, aber Fromm sah es nicht. Er suchte seine Sachen zusammen.

»Soll ich dich bei der Morales vorbeibringen?«, rief er endlich von der Küche in die anderen Räume. »Ich fahr heute sowieso in die Richtung.«

Fromm tauchte in einem Türrahmen auf und sah ihn nachdenklich an.

»Schon wieder eine neue Freundin?«

»Nein«, grinste der schönste Polizist Wiens. »Keine Freundin. Also nicht direkt. Nicht so.«

Fromm schulterte seine Tasche und schüttelte den Kopf.

»Du hast auch Angst, du könntest irgendwann was verpassen.«

»So viele Frauen und so wenig Zeit« lachte Rulicik und tat ganz unschuldig, was ihm vortrefflich gelang. »Mann tut, was Mann kann.«

Während der Fahrt durch die Stadt waren die beiden Männer zwar nicht schweigsam, aber einsilbiger. Rulicik, weil er sich auf den abendlichen Verkehr konzentrieren musste, und Fromm, weil er immer wieder an seine Telefonate mit Bartoks Haushalt und dessen Büro dachte. Es schien geradezu, als hätten die Leute dort auf ihn gewartet. Hätten gewusst, dass er anrufen würde. Und waren gut instruiert gewesen. In gewisser Weise war es offensichtlich, dass Bartok den Kontakt zu ihm mied. Aber warum? Noch vor wenigen Tagen hatte er jovial und geradezu freundschaftlich getan. Nichts von alldem war dazu angetan, Fromms Neugierde zu dämpfen.

Die Abenddämmerung war schon in Dunkelheit übergegangen, als sie am Haus der Morales eintrafen, und Rulicik wies mit dem Kopf zu den Fenstern, hinter denen ein schwacher Schein zu erkennen war.

»Da scheint jemand schon auf dich zu warten.«

Fromm bezweifelte das, sah auf die Uhr seines Mobiltelefons und überlegte, ob er die Frau nicht anrufen sollte. Immerhin war er einiges zu früh dran. Doch er zuckte nur mit den Schultern und steckte das Telefon wieder zurück. Dann verabschiedete er sich, stieg aus dem Wagen und ging gemächlich auf das Haus zu. Rulicik sah ihm noch eine ganze Weile hinterher. Nachdenklich und mit zusammengezogenen Brauen. So ganz wohl war ihm bei der Sache nicht. Einmal hatte er Fromm allein gelassen, und das war gerade der Abend gewesen, an dem Fromm mit den Kubanern zusammengestoßen war. Andererseits, welche Gefahren sollten ihn dort drinnen schon erwarten! Rulicik grinste und startete den Wagen. Oh, lachte er für sich, dort drinnen konnte es auch ganz schön gefährlich werden, aber das war eine Gefahr, mit der Fromm schon ganz allein fertig werden würde.

Rulicik war gerne Polizist. Auch, weil ihm dieser Job eine gewisse Autorität verschaffte, die er sonst so nie gehabt hätte. Er war gerne Polizist und er würde ein ganz ordentlicher Kriminalbeamter werden, dabei war er für diesen Beruf noch viel zu wenig misstrauisch. So hatte er nicht bemerkt, dass ihnen seit einiger Zeit ein Wagen gefolgt war. Ein Wagen, der sie überholt hatte und nun etwas weiter vorne einparkte. Doch niemand stieg aus.

Markus Fromm suchte die Klingel außen an der Haustüre und betätigte sie. Aber weder hörte er ein Geräusch noch rührte sich etwas. Er drückte noch einmal und überlegte, wie hoch wohl der Prozentsatz nicht funktionierender Türglocken in dieser Stadt war. Hätte er einen Schritt zurück gemacht, dann hätte er gesehen, dass nach dem ersten Klingeln der schwache Schein hinter den Vorhängen erloschen war. Aber Fromm kaute kurz an seiner Lippe und drückte dann die Türklinke nach unten. Wie er erwartet hatte, war die Eingangstür nicht versperrt. Er tappte bei dem Licht von der Straße durch den Eingangsbereich bis dorthin, wo die steinerne Treppe nach oben führte. Gleich daneben befand sich eine hohe Doppeltüre, die zur Wohnung der Morales führen musste, er fand einen Klingelknopf und drückte darauf. Diesmal hörte man eine Klingel widerwillig und trocken scharren. Aber auch jetzt erfolgte keine Reaktion. Gut, er war zu früh dran, aber er hatte doch Licht gesehen. Er klopfte, runzelte die Stirn und überlegte. Ein Mal würde er es noch versuchen.

Wieder klopfte er.

Diesmal gab die Tür nach, und noch bevor er richtig begriff, wurde er gepackt und in die Wohnung gezerrt. Jemand hielt ihn fest wie in einem Schraubstock und verschloss seinen Mund mit der Hand. Fromm schmeckte den Stoff des Handschuhes an seinen Lippen und blinzelte in das Licht einer Taschenlampe, deren scharfer Strahl direkt in sein Gesicht schien. Er hatte keine Ahnung, aber es erschien ihm endlos lange, dass er geblendet wurde. Schlagartig erlosch der grelle, schmale Strahl und Fromm war blinder als zuvor. Er hatte die schnellen Schritte draußen nicht gehört, aber er hörte den schweren Körper gegen die Tür fallen und die sich überschlagende Stimme.

»Polizei! Hände hoch!!«

Allmählich gewöhnten sich Fromms Augen an das Dunkel des Vorraumes. Irgendwo aus dem dunklen Fleck bei der Tür war Ruliciks Stimme gekommen. Ein breitschultriger Umriss in dem Schimmer zum Wohnzimmer sah herüber, wo Fromm immer noch festgehalten wurde, und verschwand im Schatten. Dann war da eine leichte, fließende Bewegung im Dunkel. Fast wie unabsichtlich bei den beiden Schatten. Das Klicken der Sicherungsbügel an ihren Waffen war weitaus deutlicher. Fromm wusste nicht, ob die beiden Männer mehr sahen als er. Für ihn war Rulicik irgendwo dort in dem schwarzen Loch. Und er war sich nicht einmal sicher, ob der eine Waffe bei sich hatte. Für einen langen Augenblick verharrte alles regungslos, unbeweglich, stumm. Dann vernahm man aus der anderen Ecke ein resigniertes, tiefes Seufzen.

»Bevor hier noch jemand aus purem Zufall verletzt wird, wollen wir die Sache doch mal bei Licht betrachten.«

Das war nicht Rulicik, und doch kam Fromm diese Stimme bekannt vor.

Das Deckenlicht flammte auf und beleuchtete eine absonderliche Szenerie. Rulicik stand halb von der Tür verdeckt, blinzelte und hielt ein kleines, silbernes Ding in der Hand, das ganz sicher nicht seine Dienstwaffe war. Der Mann am Ende des Vorraumes war gar nicht so kräftig gebaut, wie es in der Dunkelheit den Anschein gehabt hatte. Er trug dunkle Hosen und einen dunkelgrauen Rollkragenpulli, weiche Schuhe und eine dunkle Gesichtsmaske aus leichtem Stoff, wie auch die Sonderabteilungen der Polizei sie hatten. Den zweiten Mann hinter sich konnte Fromm nicht sehen, aber da war der Arm an ihm vorbeigestreckt und er sah die schweren Pistolen in den Händen der beiden Männer. Die wirkliche Überraschung wartete am anderen Ende des Vorraumes. Dort, wo man in die Küche und weiter in den Garten gelangen konnte. Auch dieser Mann trug eine Waffe und sie war den Pistolen der beiden Männer mit den Gesichtsmasken sehr ähnlich. Auch wenn er sie mit so etwas wie Nachlässigkeit hielt, er wirkte durchaus entschlossen. Der kleine Mann mit dem dunklen Haar zielte mit der Waffe irgendwo zwischen die Einbrecher und Rulicik. Keinem war klar, gegen wen er seine Waffe richtete, und keiner wusste, auf welcher Seite er stand.

»Sie sollten sich um Frau Morales kümmern, Herr Rulicik«, sagte Merryweather, ohne den Blick zu wenden. »Und Sie sollten sich um die Verstärkung kümmern, die Sie wahrscheinlich angefordert haben. Sie sollen draußen bleiben! Ich komme hier drinnen schon allein zurecht.«

Rulicik überlegte offensichtlich einen Augenblick, aber er blieb, wo er war, und richtete den kleinen Revolver nur noch fester auf den dunklen Mann. Wieder seufzte Merryweather.

»Sie denken doch nicht wirklich, dass diese Holztüre Ihnen Schutz vor 9mm-Geschossen bietet? Los! Verschwinden Sie! Kümmern Sie sich darum, dass draußen kein Blödsinn gemacht wird!«

Rulicik warf Fromm einen langen Blick zu und kämpfte mit sich. Fast schien es, als wollte sich der Polizist entschuldigen. Fromm nickte automatisch und er bewegte sich dann doch. Langsam an der Tür vorbei. Die kleine, stumpfnasige Waffe fest in der großen Hand. Durch die Fenster des Wohnraumes war das erste zerhackte blaue Licht der Einsatzkräfte zu sehen.

»You will not answer questions«, meinte der kleine Amerikaner, kaum dass Rulicik verschwunden war. Es war keine Frage und das herrschende Schweigen war Antwort genug. Die beiden Männer in den dunklen Masken wechselten einen Blick. Und dann meinte der unter der Tür, ohne die Waffe auch nur ein wenig von dem Amerikaner zu nehmen: »You are the Brown-Guy!«

»So you know me«, entgegnete Merryweather und schüttelte den Kopf. Grinste ein wenig. »Same side, wrong team«, seufzte er dann. Ganz langsam ließ er seine Waffe sinken und trat einen Schritt aus der Tür zur Küche. »Get out! Quick!« Er wies mit dem Kopf nach hinten und die beiden Männer wechselten wieder einen kurzen Blick. Im nächsten Augenblick waren sie verschwunden. So leise und so schattenhaft, dass Fromm beinahe an eine Täuschung geglaubt hätte. Wenn nicht sein Arm geschmerzt hätte. Das würde einen schönen blauen Fleck geben, dort, wo ihn der Mann gepackt hatte. Während Merryweather ungerührt seine Waffe wegsteckte, brauchte Fromm ein paar Augenblicke, um aus seiner Erstarrung zu erwachen.

»Was …«, stotterte er dann und verstummte wieder, weil er nicht einmal wusste, was er fragen sollte.

»Ihr Freund Rulicik hat noch einen Moment gewartet, nachdem er Sie abgesetzt hatte. Also sah er, wie das

Licht ausging, nachdem Sie geläutet haben. Und dann entdeckte er Frau Morales auf der Straße weiter vorne. Nichts Eiligeres hatte er zu tun, als die Frau abzufangen, in sein Auto zu setzen und sich selbst ins Getümmel zu stürzen.«

Er knöpfte sein Jackett zu und strich sich unsichtbare Fusel vom Ärmel.

»Gehen Sie bitte ans Fenster«, bat er dann, »und geben Sie den Leuten draußen ein Zeichen, dass sie hereinkommen können. Die sind wohl schon ein wenig ungeduldig.«

Es war nur ein ganz leises Quietschen, was der Stuhl da von sich gab, doch Fromm konnte den jedes Mal wiederkehrenden Gedanken nicht abwehren, dass der Mann in dem Stuhl vielleicht ein wenig zu schwer war. Obwohl Brolli elegant und gepflegt wie immer aussah, gab es da doch ein paar Kilo zu viel um die Hüften, die er gerne kaschierte. Aber Übergewicht war im Augenblick Brollis kleinstes Problem. Das Protokoll des Einsatzes war aufgenommen, Frau Morales und der Einsatzleiter waren aus dem Büro verschwunden und alles hätte weiter seinen gewohnten Gang gehen können. Aber Brolli kochte innerlich noch immer. In einer Ecke stand Rulicik mit gesenktem Kopf wie ein begossener Pudel und wünschte sich nichts sehnlicher, als irgendwie verschwinden zu können. Mehr als einmal hatte er sich schon anhören müssen, wie blöd und unfähig er war. Die Karriere im Kriminaldienst schien ihm weiter entfernt als jemals zuvor. Fromm saß auch stumm da, doch bei ihm hallten die Gedanken im leeren Kopf. Vieles, zu vieles war in den letzten Tagen geschehen. Er war ein ruhiges Leben gewohnt. Doch Aufregungen, die er nicht beherrschen konnte, dominierten jetzt sein Leben, seine Gedanken. Hinderten ihn an seiner Arbeit.

»Sie können auf Knien danken, dass Sie diplomatische Immunität genießen«, brummte Brolli und funkelte den kleinen Mann auf der anderen Seite des Schreibtisches finster an. »Wenn es nach mir ginge, dann würde ich Sie einsperren, bis Sie alt und grau sind. Oder mit uns kooperieren.«

Jonathan W. Merryweather lächelte unschuldig, schüttelte ein wenig den Kopf und öffnete die Hände weit.

»Aber ich kooperiere doch«, wandte er ein. Und fachte damit Brollis Hitze noch mehr an. Dessen Knöchel knackten, so rieb er seine Hände.

»Verdammt«, explodierte er, »jeder weiß, dass Sie ein CIA-Mann sind! Und deswegen versuchen Sie Ihre Leute zu beschützen. Aber ich reiß Ihnen trotzdem den Arsch auf! Wenn ich dahinter komme, dass einer von euch auch nur das Geringste mit dem Mord zu schaffen hat, dann Gnade euch Gott! Dann könnt ihr euch eure verdammte Immunität in den …«

»Natürlich haben wir etwas damit zu schaffen«, unterbrach Merryweather ungerührt den Ausbruch. »Zumindest insofern, als auch wir versuchen zu verstehen, was geschehen ist und warum.«

Brolli knurrte eine Antwort, die keiner richtig verstand und auch keiner verstehen wollte.

»Aber warum noch mal? Das verstehe ich nicht. Was

sollte sich geändert haben?«, fragte Fromm in die entstandene Stille. Die drei Männer sahen ihn verständnislos an, er aber sah im Augenblick nur die durchsuchte Wohnung vor sich. Irgendetwas passte nicht zusammen, aber er kam nicht dahinter, was es war. Als er endlich bemerkte, dass die drei Männer wissen wollten, was er meinte, verdeutlichte er: »Die Wohnung ist doch schon mal durchsucht worden. Warum noch mal? Was hofften Sie jetzt zu finden, was Sie schon beim ersten Mal nicht finden konnten?«

Er sah den kleinen Amerikaner an, doch der schüttelte nur den Kopf.

»Gesetzt den Fall«, begann er gespreizt, »ich würde wirklich jener Organisation angehören, die Sie vermuten, dann könnte ich Ihnen wahrscheinlich auch nicht bestätigen, dass wir weder beim ersten noch beim zweiten Mal die Finger in der Sache hatten.«

»Das glaube, wer will!«, brummte Brolli wieder, doch Fromm nickte und meinte: »Same side, wrong team.«

»Hä«, machten Brolli und Rulicik, der sich inzwischen ein wenig aus der Schusslinie sah.

»›Same side, wrong team‹ – in etwa ›richtige Seite, falsches Team‹. Also waren es nicht seine Leute.«

»Wer sonst? FBI? NSA?«, hackte Brolli nach und verhehlte nicht, dass er von allen das Gleiche hielt.

Merryweather nahm die Sache ernster.

»Das FBI hat keine Befugnis in diesem Fall. Allerdings ein Büro in Wien. Die Leute von der NSA arbeiten anders. Die sind nicht so schnell mit der Waffe bei der Hand. Auch ein paar militärische Dienste kämen infrage. Ich persönlich tippe eher auf den Secret Service. Was die Sache nicht gerade einfacher macht.«

»Was, jetzt auch noch die Engländer?«, fragte Rulicik verdutzt und der kleine Amerikaner musste lachen.

»Nicht der britische Secret Service, Ihnen besser bekannt als MI6 oder James Bond. Der amerikanische Secret Service. Untersteht direkt dem Weißen Haus. Wir Amerikaner leisten uns nämlich sieben oder acht Dienste, so genau weiß ich es selber nicht, damit keine Stelle mitbekommt, was die andere macht. Jeder kocht sein eigenes Süppchen und nicht selten stehen die Interessen gegeneinander. Aber im Endeffekt gehören alle zur gleichen Seite. Was sie nicht hindert, mehrgleisig zu fahren und sich gegenseitig zu behindern.«

»Aber was sucht ihr alle? Was erwartet ihr?«

Merryweather kniff die Lippen zusammen und sah lange zu Fromm hin, dann zu Brolli und zu Rulicik.

»Ich habe es Ihnen schon mal gesagt«, entschied er sich dann. »Ich persönlich glaube nicht, dass irgendetwas auftaucht. Aber Sie dürfen nicht vergessen, dass der Großvater dieser Frauen einer der letzten Präsidenten Kubas war, ein Präsident von Amerikas Gnaden. Vielleicht gibt es Romantiker, die einen Schatz vermuten, den der alte Generalissimo versteckt hat. Sozusagen als Rentenversicherung. Viel eher könnte es aber in alten Unterlagen Beweise für alles Mögliche geben. Morales war bis 1933 Präsident, ein Diktator, der gestürzt wurde und 1939 in den USA starb. Er hatte Beziehungen zu Senatoren, zu Verbrechern, zu Wirtschaftsbossen und zum Weißen Haus. Die Zeiten damals waren mehr als turbulent. Und das Weiße Haus hat ganz sicher auch Einfluss auf Morales' Politik genommen. Sollten darüber Dokumente existieren, dann kann ich schon verstehen, dass die keiner sehen soll. Auch und gerade kein anderer Dienst.«

»Und für so einen alten Scheiß bringt man eine Frau um«, resignierte Brolli.

»Nein«, entschied Rulicik und war über seine Courage wohl selbst am meisten erstaunt. »Es sei denn«, meinte er noch zögernd, »die eine Schwester wurde ermordet, um die andere unter Druck zu setzen. Um ihr zu drohen. Aber auch das ergibt keinen Sinn.«

Die drei anderen Männer sahen ihn an, nickten dann aber. Jeder für sich. Endlich fasste Brolli zusammen, was sie alle dachten.

»Irgendetwas übersehen wir.«

Markus Fromm zog den Reißverschluss seiner Jacke ganz nach oben und stellte den Kragen auf. Es regnete nicht mehr, aber die Straßen glänzten nass im Licht der Lampen und der Himmel war mit einem Schleier verhangen. Die Scheinwerfer der vorbeifahrenden Wagen feuerten Blitze die Straße entlang. Ein feiner Duft nach Melancholie und Herbst zog durch die Stadt. Diese Zeit nach Mitternacht wäre perfekt für ein einsames Glas Bier in einem düsteren Vorstadtlokal mit dem Blues im Ohr und im Herzen. Eigentlich liebte er diese Stimmung in der Stadt. Wenn das Morbide in persona aus den alten Häusern und den noch immer halb verschütteten Kellern zu kriechen schien. Wenn der stickige Muff aus zu kleinen und überbelegten Wohnungen auf die Straße wallte. Wenn der Friedhof, für den Wien so berühmt war, näher an der Stadt zu liegen schien als sonst. Doch an diesem Tag hatte er kein Gespür für den Hauch des Verfalls. Rulicik und Merryweather waren gegangen und er war bei Brolli sitzen geblieben, hatte geschwiegen und gleichzeitig versucht nicht zu denken und doch sich über diese verfahrene Situation klar zu werden. Es war höchste Zeit, dass er da heraus kam! Es ging ihn nichts an, es interessierte ihn nicht einmal mehr wirklich und trotzdem verstrickte er sich immer tiefer in die Geschehnisse. Selbst die Morales hatte einen Strich gemacht, so erzählte Brolli. Zerrüttet von den Ereignissen hatte sie ihr Büro geschlossen, alle Berechtigungen zum Handel mit Papieren oder was immer sie gemacht hatte, zurückgelegt und sich ganz zurückgezogen. Der Tod ihrer Schwester musste sie wirklich aus der Bahn geworfen haben. Davon zeugte ja allein schon die Tatsache, dass sie ihren Anwalt hatte einschalten müssen, um bei den Banken an ihr Vermögen heranzukommen.

Fromm für seinen Teil hatte es jedenfalls satt, herum- und vorgeschoben zu werden. Eine Spielfigur, ein Tölpel, den man benutzte. Sein lieber Freund Jonas Brolli war da nicht anders als der kleingewachsene Amerikaner. In ihren teuren Anzügen und modisch adrettem Auftreten ließen sie ihn wie den letzten Proleten aussehen. Überrascht stellte er fest, dass es ihm etwas ausmachte. So lange Jahre war ihm sein Erscheinungsbild fast vollkommen egal gewesen. Und mit einem Mal entwickelte er so etwas wie Ehrgeiz? Nein, es war wohl eher Neid, gestand er sich ein. Obwohl er beim besten Willen nicht hätte sagen können, worum er die anderen beneidete. Vielleicht auch Wut. Trotz darüber, von allen wie ein Idiot behandelt zu werden. Ein kleiner, harmloser Idiot, den jeder benutzte und der nichts auf die Reihe brachte.

Das Quietschen der Reifen riss ihn aus seinen Gedanken und völlig ahnungslos betrachtete er das Kühlgitter des Autos nur wenige Zentimeter neben seinem Bein. Vollkommen in Gedanken versunken war er auf die Straße getreten. Hatte das Auto nicht kommen sehen, nicht gehört.

»Verdammt! Markus! Alles in Ordnung?«

Er hörte die Stimme, hörte das Schlagen der Autotür und starrte die silberne Motorhaube an.

»Markus? Ist alles in Ordnung? Hab ich dich erwischt?«

Wieder die Stimme. Diesmal nahe bei ihm. Er kannte sie. Ganz langsam hob er den Kopf. Musste sich zwingen, von der Motorhaube wegzusehen. Er fühlte die Hand auf seinem Oberarm und konnte sich endlich vom Anblick des Wagens losreißen.

Manuela Fromm stand vor ihm, teils wütend, teils überrascht und ein wenig bleich.

»Du kannst nicht einfach so blind durch die Gegend laufen, Markus!«, rief sie. »Ich hätte dich beinahe überfahren! Wir haben einen Einsatz.«

Fromm blinzelte und hörte die Worte an sich vorüberziehen, ohne dass er sie wirklich auf sich beziehen konnte. Er sah die Frau an, die er einmal geliebt hatte, mit der er verheiratet gewesen war. Sah sie ganz genau an und erkannte neue, kleine Fältchen um die Augen, die er noch nicht kannte.

»Ist alles in Ordnung?«, fragte sie noch einmal. »Du stehst ja völlig neben dir! Du musst aufpassen auf dich. Du kannst nicht einfach durch die Gegend tapsen wie ein blindes Huhn. Berti und ich können nicht immer auf dich aufpassen.«

Sie redete noch weiter, aber Fromm hörte nicht mehr zu. So war das also, sie hatte Rulicik dazu verdonnert auf ihn aufzupassen. Weil er nur ein Spielball war. Ein Spielball zwischen Polizei und Ex-Frau. Zwischen alten und neuen Freunden. Zwischen Österreichern, Amerikanern und Kubanern. Na ja – wenigstens keine Engländer.

Irgendetwas in ihm kam hoch. Ein längst vergessenes Gefühl, das er nicht benennen konnte. Das er nicht einmal erkannte. Und doch wusste er, dass es ein Teil von ihm war. Etwas aus einer Zeit, in der er jung und voller Ideale gewesen war. Etwas Verdrängtes, Verschüttetes. Die über lange Jahre gefestigte Hülle der logischen Notwendigkeiten bekam einen Sprung und ein leichtes, schwereloses Gefühl schlüpfte heraus. Zeichnete ganz allmählich ein feines Grinsen in sein Gesicht, mit dem er die noch immer redende Frau betrachtete.

»Du bist wunderschön, Manu.«

Schlagartig stoppte ihr Redefluss, die vollen Lippen öffneten sich ungläubig und er sah zu seiner Genugtuung, dass ihre Ohrläppchen sich dunkel färbten und ein wenig der Röte auch über ihre Wangen flog.

»Was? Wieso …«

»Und du hast recht«, lachte er jetzt und legte ihr die Hand auf den Oberarm. »Ich muss anfangen besser aufzupassen.«

Er fühlte ihre Wärme unter der dicken Uniformjacke und mit einem Mal wurde ihm bewusst, was für ein Körper sich unter der formlosen Kleidung verbarg. Mit einem tiefen Atemzug musste er sich wirklich zusammennehmen, um sie nicht an sich zu ziehen. Sie anzufassen wie früher, als alles noch unsicher und leichter war. So drückte er nur ihren Arm, und dann war da noch etwas, das sie gesagt hatte. Ein anderer Gedanke. Der ließ die Puzzlestücke zusammengleiten, ließ ihn noch breiter grinsen und zauberte ein Leuchten in seine Augen. Schnell drückte er ihr einen kleinen Kuss auf die Wange, wandte sich ab und kramte nach seinem Telefon.

»Was … was wird das jetzt?«, stammelte sie überrascht.

»Du hast mich auf eine Idee gebracht«, meinte er nur kurz, das Telefon schon in der Hand. Und während er nach der Nummer suchte, die er irgendwo haben musste, erklärte er ihr: »Oder Berti. Wegen der Engländer. Ich schätze, jemand ist mir was schuldig. Und jetzt werde ich einen Gefallen einfordern.«

Damit wandte er sich ab und ging die Straße hinunter, das Telefon am Ohr.

Sie blieb stehen, ein Schatten im Licht der Scheinwerfer, und starrte ihm hinterher. Murmelte leise: »Ich hasse dich!«

Hinter der hohen, doppelflügeligen Tür öffnete sich der Saal und gab den Blick frei in eine Halle, deren

Obergeschoss von weißen Säulen getragen wurde. Die Empfangshalle im klassizistischen Stil war festlich geschmückt und strahlend erleuchtet. Auch war sie bereits gut besucht. Die Damen und Herren in festlicher Abendgarderobe waren der Einladung zu einem Festakt gefolgt und erwarteten nun die Gäste und die Dinge, die der Abend bringen sollte. Wohl versorgt von einem exquisiten Buffet und hilfreichen Geistern, die mit Getränken durch die Menge strichen. Die Ordensspangen am Revers der Männer glänzten mit dem Schmuck und der nackten Haut der Damen um die Wette, während ein beruhigender Teppich aus gemurmelten Worten alles umfloss. Weil es sich um ein gesellschaftliches Ereignis handelte, zeigten die meisten der Herren schon graue Strähnen im Haar und hatten eine Dame in ihrer Begleitung. Nicht so der Mann, der eben auf die Pforte zuschritt, dem dort wartenden Majordomus die Einladung reichte und ohne die leise Begrüßung oder eine Bestätigung abzuwarten weiterging. Als wären dienstbare Geister sein tägliches Brot. Ein paar Schritte im Saal wurde er langsamer, sah sich um und begann eine gemächliche Runde durch die Menschenmenge. Nichts unterschied den groß gewachsenen Mann mit dem kurzen Haar in seinem Smoking von den anderen Männern. Trotzdem rief sein Erscheinen unterschiedliche Reaktionen hervor. Sein Gesicht gehörte nicht zu denen, die man auf jeder Veranstaltung sah. Keiner der üblichen Verdächtigen, der allgegenwärtigen Epigonen der Gesellschaft, die Klatschspalten und Veranstaltungssäle so medienwirksam füllten. Das Gesicht ein wenig zu hart, bewegte er sich mit solcher Sicherheit, ja geradezu Herablassung zwischen den wohlgekleideten und zumeist auch wohlgenährten Menschen, dass der eine oder andere Kopf sich schon etwas irritiert nach ihm umwandte. Einem aufmerksamen Beobachter blieb es nicht verborgen, dass es zumeist die Köpfe der Damen waren, die sich bewegten. Aufmerksamen Beobachtern, wie den Männern in dem schmucklosen Raum irgendwo tief im Gebäude. Einem düsteren Raum ohne Fenster, dürftig erhellt von einigen Bildschirmen. Drei Männer saßen vor den Schirmen, einer stand hinter ihnen. Beim Eintreten des Mannes hatte sich der stehende Mann nach vorn gebeugt, um besser sehen zu können. Und er konnte ein überraschtes Gesicht dabei nicht vermeiden. Auf dem Bildschirm lieferte die automatische Gesichtserkennung ihre Daten zu jeder Person, die ins Blickfeld der Kamera trat. So auch bei dem einsamen Mann im Smoking. Allerdings blieb bei ihm das Kästchen bis auf einen Namen und eine Bezeichnung leer.

Wenige Augenblicke später trat der Mann von den Bildschirmen in seinem unauffälligen, dunklen Anzug aus einer ebenso unauffälligen Seitentüre in den Saal und nickte dort einem breitschultrigen Kerl zu. Der erwiderte das Nicken, gab aber sonst nicht zu erkennen, dass ihn das Auftauchen des kleinen CIA-Mannes überraschte. Gemächlich schlenderte Merryweather durch die Menschenmenge und blieb neben dem Mann im Smoking stehen. Wie zufällig.

»Ich hätte Sie beinahe nicht wiedererkannt.«

Der Mann im Smoking leistete sich ein schmales Grinsen. Nebenbei meinte er: »Ja, es kann einen etwas verändern, wenn man sich rasiert.«

Merryweather war über diese Kaltschnäuzigkeit verwundert. Zum ersten Mal schien ihm, als hätte dieser Mann doch einige Überraschungen zu bieten. Sie standen neben der kleinen Theke und der Mann im Smoking beobachtete fasziniert den Barkeeper.

»Es sind die Kleinigkeiten, auf die wir nicht achten«, meinte er dabei und auch Merryweather sah zu dem Barkeeper hin.

»Vorhin eben«, erzählte der Mann, »da hat er einen Kellner zusammengestaucht, weil der Gläser aufgestellt hat. Immer zwei und zwei hat er genommen. Und damit waren die Fingertapper innen am Glas.«

Jetzt stellte der Barkeeper zwei Gläser mit rotoranger Flüssigkeit hin, steckte in beide Strohhalme und auf eines ein Stück Ananas. Eine der Kellnerinnen kam und sah ihn erwartungsvoll an.

»Ananas ist der Planters Punch«, erklärte der Barkeeper und die Kellnerin grinste. »Danke«, meinte sie, »sonst hätt ich wieder kosten müssen, um ihn vom Long Island Ice Tea unterscheiden zu können.«

Langsam wandte sich der Mann im Smoking herum und strahlte Merryweather an.

»Jetzt weiß ich, was wir die ganze Zeit übersehen haben!«

Aber Merryweather blinzelte nur schweigend und verstand nicht. Dafür holte der Mann sein Mobiltelefon aus der Tasche. Wählte eine Nummer und sofort meldete sich der andere Teilnehmer.

»Sei so gut«, begann der Mann im Smoking freundlich, »und schick die Spurensicherung noch mal in die Wohnung der Schwester.« Merryweather hörte die Antwort nicht, aber er sah den Mann wieder grinsen. »Doch«, war dessen Erklärung. »Tu es. Und tu es schnell. Sie müssen auch nicht viel machen. Im Vorraum hängen dort die beiden großen Bilder von der Ermordeten in rahmenlosen Bilderhaltern. Sie sollen die Bilder herunternehmen und nachsehen, ob sie Fingerabdrücke auf der Innenseite des Glases finden. Wenn sie nicht gerade Handschuhe beim Aufhängen getragen hat, dann müssten welche da sein. Und du wirst überrascht sein, wessen Fingerabdrücke sie finden.«

Der kleine CIA-Mann hätte nur zu gerne gewusst, was das alles bedeuten sollte. Angefangen bei dem Anruf, mit dem Fromm ihn gebeten hatte, eine Einladung für diesen Empfang zu besorgen. Das war seine leichteste Übung gewesen. Auch wenn er nie erwartet hatte, dass der Mann neben ihm sich so perfekt dem illustren Bild anpassen würde.

»Mister Merryweather.«

Der Mann nickte und Merryweather nickte zurück. Seine Neugierde musste warten.

»Mr. Dogwood, Mrs. Dogwood. Schön, Sie zu sehen. Wie geht es Ihnen?«, fragte er höflich und verwünschte den hochrangigen Mitarbeiter seiner Botschaft innerlich. Bevor er dazu kam, stellte sich Markus Fromm selbst vor. Und bezeichnete sich gleich auch als ›Vertreter der Stadt Wien, aber ganz, ganz privat hier‹. Es folgte ein wenig Small Talk, dem Merryweather nur am

Rande folgte. Etwas ging hier vor, das er nicht mehr so richtig kontrollieren konnte. Fromm entwickelte ein Eigenleben, von dem der kleine Amerikaner nicht wusste, ob es seinen Zielen zuträglich war. Aber hier und jetzt war nicht der Zeitpunkt darüber zu sinnieren. Zu sehr war die Gattin des Botschaftsangehörigen daran interessiert, mehr über Fromm zu erfahren. Der hielt sich kühl und gab sich so herzlich und unverbindlich, als wäre das rutschige Parkett der Wiener Gesellschaft sein tägliches Brot.

Wenige Minuten später schien Fromm kurz unaufmerksam und wandte sich dann an das Paar, dessen männlicher Teil kaum etwas zur Konversation beigetragen hatte, um sich zu entschuldigen. Merryweather nickte ebenfalls kurz. Auch er hatte Doktor Bartok gesehen.

Der Rechtsanwalt fühlte sich fröhlich wie ein Fisch im Wasser. Das hier war sein Element. Gesellschaftliche Ereignisse mit einflussreichen Menschen, kurze Gespräche, denen irgendwann längere Verhandlungen hinter verschlossenen Türen folgen würden. Kleine Handreichungen und Gefälligkeiten und später finanzielle Anerkennungen und Verbindungen, die ihren finanziellen Vorteil weit übertrafen. Bartok war schon ein Meister des Netzwerkes gewesen, noch lange bevor dieser Begriff erfunden worden war. Doch nicht seine Person war es, die ein wenig Unruhe in den summenden Saal brachte. Seine Begleiterin trug ein schulterfreies Kleid in Gold, das ebenso gut auch auf ihren Körper gepinselt sein konnte. Einem Körper, der bei jeder beliebigen Show zum Model-Casting wohl sofort als ›viel zu fett‹ verdammt worden wäre. Eine Ansicht, die den Blicken der Anwesenden nicht entsprach. Die klebten wohl ebenso am Kleid wie dieses an ihrem sportlichen und doch weiblich runden Körper. Das blonde Haar rauschte in Engelslocken über die Schultern und war heller als das dunkle Gold, heller als die leicht gebräunte Haut. Ihre Augen hatte sie dezent geschminkt und der Mund war in dunklem Rot gehalten wie die Steine in ihrem Collier.

Im gleichen Augenblick wurde zur Eröffnung der Veranstaltung gebeten und der offizielle Teil begann. Während alles mehr oder weniger ernsthaft den einführenden Worten lauschte, trat Fromm näher an Bartok heran. Erst in der Nähe erkannte er, dass die Frau neben ihm niemand anders war als die Frau, die Bartok auch schon im Park begleitet hatte.

»Guten Abend Doktor«, meinte er leise. »Es war nicht ganz einfach Sie zu finden.«

Bartok drehte sich ein wenig herum und besah sich den smarten Mann im Smoking nachdenklich. Auch die Frau sah um ihren Begleiter herum, lächelte dann und nickte leicht.

»Magister Fromm«, meinte sie ebenso leise. »Das ist wirklich eine Überraschung, Sie hier zu treffen.«

»Es gab leider keine andere Möglichkeit für ein Gespräch mit dem lieben Doktor«, lächelte Fromm zurück.

»Und das hier ist auch kein guter Zeitpunkt«, brummte Bartok und die beginnende Unruhe der Anwesenden gab ihm recht. Auch wenn kaum jemand an der offiziellen Begrüßung wirklich interessiert war.

»Wir treffen uns nachher draußen in der Halle«, be-
stimmte der Rechtsanwalt und Fromm nickte schweigend. Ihm war für einen Augenblick so gewesen, als hätte
Bartok sich schützend vor seine Begleiterin gedrängt.
Wohl nur eine unbewusste Reaktion, verständlich, bei
ihrem Aussehen. Aber es war Bartok, den Fromm wollte.

Tatsächlich dauerte es kaum mehr als eine Stunde, bis
Fromms Mobiltelefon ihn aus der Masse und hinaus-
holte. Brolli musste seine Leute ordentlich angetrieben
haben. Und tatsächlich klang er gehetzt am Telefon,
als wäre er alles selbst gelaufen. Dabei stellte er nur die
Frage: »Woher hast du das gewusst?«

Fromm grinste für seinen Freund unsichtbar und war
schon wieder einen Schritt weiter.

»Die Frage ist nicht, was ihr gefunden habt, sondern,
was man daraus für Schlüsse ziehen kann. Unterbrich
mich, wenn ich falsch liege – die Fingerabdrücke innen
an den Gläsern stammten nicht von der ermordeten Julia Morales. Zumindest nicht von der Leiche in deinem
Keller. Sie stammen von ihrer Schwester. Also könnte
man davon ausgehen, dass nicht Julia, sondern Barbara
die Bilder gerahmt hat. Jetzt hatten die Schwestern aber
kein sehr gutes Verhältnis zueinander, wie wir ja wissen. Warum sollte also Barbara ihrer Schwester beim
Einrichten der Wohnung helfen? Eine Frage dazu: Die
Fingerabdrücke von Barbara habt ihr erst nach der Ermordung ihrer Schwester bekommen oder habt ihr Ab-
drücke zum Vergleich von vorher?«

»Unsere Abdruckmuster von Barbara Morales stammen von der Ermittlung über den ersten Einbruch bei ihr. Und das war nach dem Mord. Wobei ich mir nicht mal sicher war, ob Zwillinge überhaupt unterschiedliche Fingerabdrücke haben. Sie gleichen sich jedenfalls sehr stark, aber sie sind doch zu unterscheiden. Wegen Verletzungen und so.«

Brolli wusste nicht, worauf sein Freund hinauswollte, aber seit dem ersten Anruf fühlte er, wie Saures aus seinem Magen aufstieg.

»Identifiziert wurde die Ermordete aufgrund der Eigenblutprobe«, führte Fromm leise weiter aus. »Und ich stand eben an einer Bar, wo man sich darüber unterhielt, wie leicht man etwas verwechseln kann, wenn der Inhalt dieselbe Farbe hat.«

Brolli schnaubte und fühlte mit einem Mal das Blut in seinen Adern peitschen.

»Ich werd verrückt! Natürlich! Und wer wacht über die Blutkonserven? Der ehemalige Liebhaber der Ermordeten, der offensichtlich zur Schwester übergelaufen ist.« Fromm wollte etwas sagen, aber Brolli war jetzt in Fahrt. »Oder auch nicht übergelaufen ist! Natürlich, das ist so einfach! So verdammt einfach, dass wir es einfach übersehen mussten!«

Ohne Weiteres machte Brolli sich auf den Weg. Warf seinen Mantel über, rekrutierte die erste Funkstreife, die ihm über den Weg lief, und war auch schon aus dem Haus.

Nachdem ein Großteil der Eröffnungsansprachen und Begrüßungen über die Gäste ergangen war, begann der kulturelle Teil der Veranstaltung und die Menschen verteilten sich in den Räumen. Zwar folgte der Großteil der Aufforderung zum Musikgenuss, dem eigentlichen Höhepunkt des Abends, aber nicht wenige blieben in der Empfangshalle bei Buffet und Bar zurück. Es bildeten sich kleine Grüppchen im Gespräch und manche begaben sich auch in die Vorhalle, wo es noch ruhiger war. Und wo geraucht werden durfte. Sehr zu Fromms Verwunderung nahmen es die US-Bürger höherer Einkommensschichten offensichtlich keineswegs sehr ernst mit Rauchverboten. Auch Fromm und Merryweather schlossen sich an, sie dachten allerdings nicht daran zu rauchen. Sie standen oben an der Freitreppe ins Gebäude und betrachteten abwartend die Menschen. Ihre Geduld wurde nicht allzu lange auf die Probe gestellt, denn schon bald nach ihnen rauschte Bartok mit seiner Begleiterin an. Aber von der jovialen Freundlichkeit, die er noch vor wenigen Tagen bei ihrer Begegnung im Park an den Tag gelegt hatte, war nichts mehr zu merken.

»Ich gehe mal davon aus, Sie wollen mit mir noch immer über diesen Morales-Mord reden«, begann er ohne Umschweife und nicht gerade freundlich.

»Morales – ja, aber der Mord ist nicht unser Thema«, konterte Fromm ruhig. »Man kann durchaus sagen, dieser Teil der Geschichte ist geklärt. Aber es gab dabei einiges an – sagen wir mal ›Nebengeräuschen‹ – und da könnten Sie ein wenig Licht in die Angelegenheit bringen.«

Diese Feststellung, so nebenbei hingeworfen, trug ihm erstaunte Blicke aus drei Augenpaaren ein. Dann lächelte die Frau neben Bartok, wobei sie in ganz eigener Art die Lippen ein wenig spitzte, und nickte. Der grauhaarige Mann vor ihr sträubte sich, sie legte ihm die Hand auf die Schulter und er machte ein resigniertes Gesicht, zuckte mit den Schultern und meinte: »Dann muss ich Ihnen wohl die Wahrheit sagen, zumal Sie so gewichtige Unterstützung haben.«

»Man könnte fast sagen, ich stehe nur zufällig hier«, entgegnete Merryweather. »Auch würde ich behaupten, ich wäre nicht am Ergebnis der Nachforschungen von Herrn Fromm interessiert. Was allerdings nicht ganz der Wahrheit entsprechen würde.«

Bartok starrte den kleinen Amerikaner einen Atemzug lang irritiert an, denn er hatte offensichtlich nicht ihn gemeint. Dann breitete sich allmählich ein feines Grinsen in seinem Gesicht aus. Anerkennend nickte er: »Wenn Sie es behaupten würden – was Sie aber natürlich niemals tun werden.« Wieder nickte er. »Zu meinem Leidwesen hat Herr Fromm aber sehr viel gewichtigere Personen als Sie auf seiner Seite, mein lieber Merryweather.« Dann wandte er sich Fromm zu und wurde schnell wieder ernst.

»Ihr Problem – und mein Problem – ist, dass ich der Falsche bin! Was ich über den Fall Morales weiß, das wissen Sie auch schon. Und was Sie noch wissen wollen, das kann ich Ihnen nicht erzählen.« Bevor noch jemand etwas erwidern konnte, winkte er schon ab. »Um Ihnen das begreiflich zu machen, muss ich ein wenig ausholen.«

Wieder machte er eine Pause. Sah sich um und blieb

mit seinen Blicken bei seiner Begleiterin hängen, als müsste er sie um Erlaubnis fragen. Dann seufzte er wieder.

»Ich hätte den Morales-Fall damals eigentlich gar nicht übernommen. Einerseits interessierte er mich nicht und andererseits war ich zu der Zeit vollkommen ausgelastet. Aber damals arbeitete in meiner Kanzlei eine junge Praktikantin, die sich für diese Zeit und die Umstände interessierte, und sie hat mich überredet, den Fall doch anzunehmen. Genau genommen hat sie damals auch alles abgewickelt, mit ein wenig Unterstützung meinerseits. Wenn Sie also wirklich Details zum Morales-Fall wissen wollen, dann müssen Sie mit ihr reden, nicht mit mir. Mich können Sie damit getrost in Ruhe lassen.«

Fromm nickte und sah einen Augenblick zu Boden. Dann lächelte er leicht und richtete seinen Blick auf das engelsgleiche Wesen neben Bartok.

»Das Gefährliche an einer schönen Frau ist, dass man sie zumeist nur als schön wahrnimmt, nicht aber als das, was sie tatsächlich ist.«

Sie lächelte zurück und strich die Locken über die nackte Schulter.

»Man könnte auch behaupten«, entgegnete sie, »dass dieses Zusammentreffen für uns alle vorteilhaft ist. Mein lieber Doktor wird mich sowieso jetzt allein lassen wollen, um einen seiner Gesprächstermine wahrzunehmen, und ich würde mich dann, wie immer, ziemlich langweilen. Warum sollten also nicht wir uns ein wenig unterhalten. Was meinen Sie, Magister Fromm? Allerdings«, setzte sie schnell hinzu und ließ ebenfalls den

Blick schweifen, »würde ich einen anderen Ort bevorzugen. Hier gibt es doch – sehr viele Ohren.«

Merryweather zog es vor auf diese Bemerkung nicht zu reagieren. Niemand wusste besser um die Ausstattung der Botschaft als er. Auch war seine Aufmerksamkeit merklich abgelenkt durch einen Mann, der bei den Säulen im Hintergrund stand.

»Ich wollte mir schon lange mal die Bar im Sofitel am Donaukanal ansehen«, setzte sie fort. »Man soll von dort einen tollen Blick über die Stadt haben. Vielleicht kommen Sie ja auf die Idee mich dorthin einzuladen«, meinte sie kokett, und Fromm fiel es gar nicht schwer, dem zuzustimmen.

Der distinguierte Anwalt und der kleine CIA-Mann sahen den beiden auffälligen Gestalten nach, die sich aus dem Gebäude entfernten, nachdem er ihren Umhang geholt hatte. Sie schritten aus dem Portal, vorbei an den Metalldetektoren, den uniformierten Wachen mit den automatischen Waffen, Stahlzäunen und Betonrampen, welche die Botschaft mitten in der Stadt zu schützen versuchten. Hin zu den Taxen, die außerhalb des Checkpoints warteten. Der schlanke Mann im Smoking und die Frau mit den blonden Engelslocken im goldenen Abendkleid gingen durch den leichten Nieselregen über den glänzenden Asphalt, in dem sich die tausend Lichter der Stadt spiegelten. So unwirklich sahen die beiden aus, dass die Blicke der wenigen Menschen ihnen folgten, bis sie das Areal verlassen hatten.

Bartok wurde unruhig, aber der Mann im Schatten

kam ihnen bereits gemächlich entgegen. Ein großer, muskulös gebauter Mann, dunkel gekleidet und mit seiner bronzefarbenen Haut und den schwarzen Haaren leicht für einen Südländer zu halten. Wenn Merryweather es nicht besser gewusst hätte.

»Hallo«, meinte er und versuchte sich seine Überraschung nicht anmerken zu lassen.

»Hallo Merry«, entgegnete der Mann und lächelte einseitig. »Lange nicht gesehen. Wie geht es Ihnen?«

Bartok sah mehr als verwundert von einem zum anderen.

»Die Herren kennen sich?«

»Es ist schon einige Zeit her«, antwortete der große, dunkle Mann, »da hatten wir die gleichen Interessen.«

»Für mich wäre im Moment vordringlich von Interesse, wie Sie in die Botschaft gekommen sind. Auf der Gästeliste stehen Sie nicht, da bin ich mir sicher!«

Diesmal grinste der dunkle Mann breit und freundschaftlich.

»Ich finde immer einen Weg. Das wissen Sie doch.«

Merryweather konnte nur nicken. Zu sehr juckte die Narbe an seinem Kopf.

Als die Frau die Tür öffnete, starrte sie den Mann im nassen Trenchcoat einen Augenblick überrascht an. Jetzt, da er hinsah, da er wusste, wonach er suchte, bemerkte er das kurze Aufflackern von Panik in ihren Augen. Aber im nächsten Atemzug war es auch schon vorüber und sie strahlte ihn freudig an.

»Darf ich hereinkommen?«, fragte er schnell, um zu

überspielen, dass ihn dieses Lächeln nicht mehr berührte. Zu lange hatte er sich täuschen lassen.

Sie trat zur Seite, um ihn einzulassen und war überrascht von den beiden uniformierten Polizisten hinter ihm. Der Mann gab den beiden mit einer Handbewegung zu verstehen, dass sie im Vorraum warten sollten. Dann ging er weiter in den Wohnraum. Ohne auf die Frau oder auf seine nassen Schuhe zu achten.

Schnell folgte sie ihm, wollte etwas sagen, wollte sich beklagen wegen der Leute, die die beiden Bilder mitgenommen hatten. Aber die Worte steckten in ihrer Kehle. So beobachtete sie schweigend den Mann im nassen Mantel, der eine langsame Runde drehte und sich dann schwer in einem der Polstersessel niederließ.

»Ich hatte eben ein längeres Gespräch mit Ihrem Liebhaber, dem guten Doktor Weingartner«, begann er langsam und ohne rechte Lust. »Er hat mir viele interessante Dinge erzählt. Und er war wirklich erleichtert, dass er endlich mit jemandem reden konnte und sein Herz ausschütten.«

Man hätte meinen können, Brolli interessiere sich nur für seine Hände, die er rieb, als sei ihm kalt. Doch aus den Augenwinkeln beobachtete er, wie die Frau mit dem dunklen Pferdeschwanz blass wurde und sich am Türstock festhalten musste. Aber schon im nächsten Augenblick hatte sie sich gefasst und streckte den Rücken durch. Unbewusst, wie es Models für den Laufsteg lernen.

»Im Nachhinein ist mir vieles klar geworden«, fuhr der Polizist in Zivil fort, lehnte sich zurück und sah sie geradeheraus an. »Warum der Hund so verrückt nach Ihnen war. Warum die Tote so perfekt geschminkt war. Warum Sie Probleme mit den Passwörtern Ihrer Schwester hatten. Warum Sie den Doktor Weingartner um sich hatten. Schon die kleinen Pokale in Ihrer Wohnung hätten mich nachdenklich machen müssen. Sie sind eine ausgezeichnete Tennisspielerin, ich gehe davon aus, dass Ihre Rückhand hervorragend ist. Egal ob mit dem Tennis oder dem Basketballschläger. Das alles wäre mir beinahe entgangen, weil Sie auf Ihre wirksamste Waffe gesetzt haben. Denn es stimmt schon, Sie sind eine außergewöhnlich schöne und begehrenswerte Frau, Julia.«

Sie öffnete empört den Mund, wollte aufbegehren, aber der Mann schüttelte nur leise den Kopf und erstickte damit schon jede Reaktion.

»Sie sind Julia-Augusta Morales«, warf er ihr scharf an den Kopf. »Und die Ermordete ist Ihre Schwester Barbara. Sie haben Doktor Weingartner dazu gebracht die Blutkonserven zu vertauschen, sodass Ihre Schwester als Sie identifiziert wurde. Da Sie außerdem die Rollen getauscht haben, gehe ich davon aus, dass der Grund der Tat das Vermögen Ihrer Schwester ist. Ein Vermögen, das Sie dringend brauchten und das Ihre Schwester nicht teilen wollte. Nur eines würde mich wirklich noch interessieren.«

Er fuhr sich mit beiden Händen über das Gesicht und wirkte mit einem Mal müde, fast angeekelt.

»Wie haben Sie Ihre Schwester dazu gebracht, sich von Ihnen umstylen zu lassen? Das müssen Sie doch gemacht haben, bevor Sie sie getötet haben!«

Die Bewegung wirkte mechanisch wie bei einer Puppe, als sie nach hinten griff, das Band aus den Haaren löste und die langen dunklen Locken über die Schultern schüttelte. Eine unbewusste Bewegung. Teil einer langjährigen Verteidigungsstrategie. Doch diesmal unbrauchbar. Denn gleichzeitig mit der Bewegung floss der Hass in ihr Gesicht, machte es scharfkantig und düster, schlug tiefe Falten. Ließ sie noch älter erscheinen, als sie tatsächlich war.

»Eine blöde Gans war sie«, spuckte sie aus. »Borniert und gierig wie ein alter Jud! Und neidisch, die alte Giftspritze! So was von neidisch! Weil ich lebte. Weil ich die Männer hatte. Und sie sich nur ihr dämliches Plastikteil in die Fotze schieben konnte. Was hätten wir nicht zusammen alles erreichen können! Aber sie wollte ja was Besseres sein. Mein Umgang war ihr zu gering. Und alles nur, weil unsere dämliche Mutter sie immer verzogen hat. Es war nicht schwer sie dazu zu überreden die Rollen zu tauschen, in meine Welt zu schlüpfen, ach, das war leicht. Sie hat sich mehr selbst überzeugt, als dass ich was dazu getan hätte. Keine Ahnung hat sie davon gehabt, was ich für ein Leben geführt habe, was ich für Probleme gehabt habe, was für Schwierigkeiten! Alles, was den Trampel interessiert hat, war immer nur sie. Sie! Sie! Sie! Ich war nur Nebensache! Was ich gemacht habe, das hat nie jemanden interessiert! Ich habe …«

»Woher hatten Sie den Baseballschläger?«, durchbrach Brolli den Schwall an Hass, der über ihm zusammenschlug. Und ein paar Atemzüge benötigte sie, um sich aus dem zähen Schleim ihrer Erinnerung zu befreien.

Mit Reue war es da nicht weit her. Aber das war nicht sein Job. Das Geständnis vor zwei Kollegen, das war es, was er gewollt hatte.

»Der Baseballschläger?«, stammelte sie verwirrt. »Den? Den habe ich ein paar Tage zuvor neben einem Müllcontainer gefunden. Genau das Richtige, habe ich mir gedacht, um der aufgeblasenen Fotze damit den Schädel einzuschlagen. Es war so einfach.«

Brolli gab dem Polizisten, der aus dem Vorraum hereinsah, ein kurzes Zeichen. Er hatte genug gehört, er hatte genug davon. Es war Zeit den Fall abzuschließen.

Als der gelbe Wagen vor dem Hauskomplex anhielt, trat der Mann im langen, hochgeschlossenen Mantel vor und öffnete den Wagenschlag. Automatisch lüftete er seinen Zylinder ein wenig und wünschte den Herrschaften einen guten Abend. Was ansonst nicht seine Aufgabe und Gewohnheit war. Doch das Paar, das dem Wagen entstiegen war, der selbstbewusste Mann im Smoking und die Frau, deren blonde Locken über das Cape auf ihre Schultern flossen, war nicht das Publikum, an das er sich gewöhnt hatte. Er sah der Erscheinung im goldfarbenen Abendkleid nach und hätte Schwierigkeiten gehabt, den Mann neben ihr zu beschreiben. Aber er wusste wieder, warum er den Job in dem Nobelhotel machte. Solche Gäste machten Spaß. Das war etwas anderes als die schrillen, alten Amerikaner oder die unhöflichen Araber, mit denen er sonst zu tun hatte. Ein bisschen Glamour konnte seiner Welt wirklich nicht schaden.

So ähnlich dachte wohl auch die junge Dame, die dem Paar in der fast düster wirkenden Hotelhalle aus grauem Stein entgegenkam und sich nach ihren Wünschen erkundigte. Schnell war der Lift ins oberste Geschoss gefunden und dort nahm sie ein junger Mann in Empfang. Nein, sie wollten nichts essen, nur einen ruhigen Platz an der Bar.

In drei Geschosse teilte sich das Lokal. Von der Bar in der Mitte übersah man den gesamten Raum, die beiden tiefer liegenden Ebenen mit den Tischen des Restaurants. Und, durch die riesigen Panoramafenster, zumindest die beiden inneren Bezirke Wiens.

Ein kleiner Tisch neben der Bar wurde ihnen angeboten. Die Bänke sahen nicht ungemütlich aus, doch dem Mann war das zu unruhig, zu sehr inmitten der Menschen. Er drückte dem Kellner einen Geldschein in die Hand, nahm seine Begleiterin am Arm und ging um die Bar herum. Dort hatte er einen Teil des Lokales entdeckt, der abgetrennt und leer war. Er öffnete die Absperrung, ließ seine Dame durch und setzte sich mit ihr an den ersten Tisch, nachdem er die Absperrung wieder geschlossen hatte.

Nachdenklich sah der junge Barkeeper ihnen zu, überlegte kurz und ging dann zwei Barkarten holen. Selbstsicher auftretenden Männern im Smoking widersprach man nicht. Den Geldschein steckte er in seine Weste.

Markus Fromm grinste ganz fein vor sich hin und sah auf die Lichter der nächtlichen Stadt hinaus. Sie bemerkte es, wollte etwas dazu sagen, aber er schüttelte nur leicht den Kopf und nahm die Karte vom Barkeeper entgegen. Nach kurzem Studium bestellte sie einen Blue Eyes und er einen Tom Collins.

»Eine interessante Wahl«, meinte er und sah ihr in die Augen, da er bis zu diesem Augenblick nicht hätte sagen können, welche Farbe diese hatten. Doch die waren eher von einem hellen Grau, als dass sie blau gewesen wären.

»Was sollte das Lächeln vorhin?«, konterte sie und diesmal lachte er.

»Der Zauber der Montur. In meinem alltäglichen Erscheinungsbild hätten sie uns wohl niemals hier hereingelassen.« Sein Blick glitt über das angrenzende Restaurant. Über die anderen Gäste, die zumeist Touristen waren, und offensichtlich sehr legere, westliche Mode trugen. Und er zuckte mit den Schultern. »Naja, vielleicht doch. Aber die Aktion von vorhin hätte der Kellner nie akzeptiert. Menschen sind sehr eigen, was Kleidung angeht. Manche meiner Kunden reden nicht mit mir, wenn ich ein Sakko anhabe. Manche reden nicht, wenn ich keines anhabe. Abgesehen davon, dass jeder seine eigene Sprache spricht. Und damit meine ich jetzt nicht die verschiedenen Abstammungen, sondern die kulturellen Unterschiede.«

Die Drinks kamen, sie prosteten sich zu und tranken einen Schluck.

»So einfach wird also aus dem freundlichen Magister Fromm ein Mister Bond«, stichelte sie dann.

Er sah ihr wieder in die Augen und meinte nachdenklich: »Vielleicht ist es auch nur die Kleidung, die sich ändert.«

Diesmal verursachte sein Blick ein wenig Unsicherheit bei ihr. Eine durchaus angenehme Unsicherheit. Wenngleich auch unangebracht. Als hätte er ihre Überraschung gefühlt, fragte er: »Und Sie sprechen spanisch, wenn ich richtig vermute.«

»Spanisch, portugiesisch, italienisch, französisch – zumindest deren Abwandlungen, wie sie in Süd- und Mittelamerika gesprochen werden«, präzisierte sie sachlich, ohne einen Unterton des Stolzes mitklingen zu lassen.

»Und die Magistra ist in Rechtswissenschaften?«

Diesmal nickte sie nur, ebenso sachlich, als wäre nichts dabei. Einen Augenblick lang wartete Fromm, dann hackte er nach.

»Also sprechen Sie auch kubanisch.«

Jetzt lachte sie. Zeigte ihre strahlenden Zähne und sah ihn mit blitzenden Augen schelmisch von unten herauf an.

»Und ich hatte schon gehofft, Sie würden nicht mehr daran denken.«

»Sich von Ihnen ablenken zu lassen wäre nur allzu leicht möglich. Und es wäre auch nur zu angenehm. Aber das würde uns nicht weiterbringen.«

Es war ein Kompliment, ohne Zweifel. Doch irgendetwas Hartes glitzerte in seinen Augen. Ein leiser Hauch von Kälte lag in seiner Stimme, der in ihrem Magen ein kaum merkbares Flattern verursachte. Vielleicht war es auch nur der kalte Alkohol.

Sie schüttelte die Haare zurück und zeigte ihm den schlanken Hals, die kühle, nackte Haut in ihrem schulterfreien Abendkleid. Lehnte sich in dem eng anliegenden Kleid zurück und nickte.

»Julia-Augusta und Barbara Morales, nur darum geht es Ihnen.«

»Genau genommen weiß ich noch immer nicht, worum es tatsächlich geht. Wie viele andere stolpere ich blind herum. Aber wir alle sind begierig, mehr zu erfahren.«

»Ich weiß auch nicht, worum es geht«, gestand sie und rührte in ihrem Drink. Sah dabei der Flüssigkeit ganz genau zu, um sich zu konzentrieren und sich nicht von diesem so veränderten Mann ablenken zu lassen. »Aber ich kann es mir vielleicht denken.«

»Und was denken Sie?«

Wieder versuchte sie ihren Cocktail zu hypnotisieren und presste dabei die Lippen zu einem schmalen Strich zusammen. Für einen kurzen Augenblick sah man ihrem sorgfältig geschminktem Gesicht die Jahre an. Dann blickte sie auf und ihre Augen strahlten, als sie erklärte: »Es geht um Julia-Augusta!«

Eine seiner Augenbrauen wanderte nach oben und sie lachte.

»Nicht um unsere Julia-Augusta. Es geht um die Großmutter.«

»Die Frau mit dem Tagebuch«, erinnerte er sich.

»Oh, nicht irgendeine Frau mit irgendeinem Tagebuch!«, unterbrach sie sofort kokett. »Genau darum geht es. Sie haben keine Ahnung, wer diese Frau war!«

»Sie war die Gattin eines kubanischen Diktators in der Zwischenkriegszeit«, gab er sich informiert.

»Und?«

Erwartungsvoll sah sie ihn an, er aber zuckte nur mit

den Schultern. Was ihr wiederum ein Lächeln entlockte und ihre Augen wieder strahlend leuchten ließ. Faszinierende Augen, wie er nicht umhin konnte zu bemerken.

»Wie sieht es aus mit ›Zwischenkriegszeit‹? ›Große Depression‹, der internationalen Wirtschaft nach dem Ersten Weltkrieg generell und den Problemen der Länder im Besonderen?«

»Die Probleme der Länder im Besonderen sind mir auch heute fremd. Aber über die Zeit der großen Depression zwischen den Weltkriegen, da habe ich schon so einiges gehört. Warum erzählen Sie nicht einfach drauf los.«

Wieder lächelte sie, nickte und nahm dann einen Schluck aus ihrem Glas.

»Kuba war immer eine Schachfigur im Spiel der Mächtigen«, begann sie und zuckte die schmalen Schultern. »Mit Castro wurde die Figur wichtiger, wertvoller – und russisch! Davor war es ein amerikanischer Vasallenstaat, deren Regierende vom Weißen Haus ausgewählt und vom amerikanischen Militär unterstützt wurden. Einer von vielen in Mittelamerika, im Hinterhof der USA, mit mäßig großer Bedeutung. Auch für das organisierte Verbrechen, das Kuba lange Zeit als Stützpunkt für seine Geschäfte nutzte. Viel hat sich an all dem seit damals nicht geändert. Auch nicht daran, dass hinter CIA und Militär sehr oft ganz andere, nämlich wirtschaftliche Interessen stehen und standen. Sagt Ihnen der Name Harriman etwas?«

Wieder musste Fromm verneinen.

»Ein Wirtschaftstycoon des beginnenden 20. Jahrhunderts. Eisenbahnen, Rüstung, Kohle, Öl, Stahl – alles, was man zu Geld machen konnte. Und von Geld hatte er genug. Mehr als genug. Also verlangte es ihm nach Macht und Einfluss. Wie sieht es aus mit Namen wie Halyburton, Blackwater oder Nomura.«

»Das sind riesige Konzerne.«

Sie schüttelte den Kopf und lachte leise.

»Nein, das sind keine Konzerne – das sind transglobale Oligarchien. Die besitzen Menschen, Politiker und ganze Länder. Die kaufen und verkaufen Entscheidungsträger. So würde zum Beispiel eine Familie Bush noch immer irgendwo in Texas auf ihrer kleinen Ranch leben, hätte sich nicht ein Vorfahre mit seinem Ölvorkommen in den Dienst des Oligarchen Harriman gestellt. Aber«, sie trank ihr Glas aus und winkte nach einem neuen, »wir reden von der Zeit vor dem Ersten Weltkrieg. Damals kamen diese Bewegungen auf dem internationalen Parkett gerade erst ins Laufen. Ich habe natürlich keine Ahnung, wie das damals wirklich abgelaufen ist. Dafür stelle ich mir unsere Geschichte aber gerne so ein wenig im ›Vom-Winde-verweht-Stil‹ vor. Auf einem Ball trifft ein nicht mehr ganz so junger, aber aufstrebender kubanischer General auf eine durchaus bezaubernde, um vieles jüngere Frau. Trotz aller Unterschiede wird er sie umwerben und heiraten – was er mit vielen seiner Geliebten nicht gemacht hat. Er wird sie seinen Namen tragen lassen und sie werden eine Tochter haben, die seinen Namen weiter führt, weil sie niemals heiratet. Auch, als sie schon lange in den USA im Exil leben.«

»Generalissimo Gerardo Marchado y Morales!«

»Und die blutjunge Julia-Augusta zu Hagenstein.«

»Sie war – Deutsche?«, fragte Fromm überrascht nach und die Frau strich wieder ihre blonden Locken zurück, während sie den neuen Drink entgegennahm.

»Mehr als das!«, triumphierte sie. »Sie war die Tochter des Freiherr zu Hagenstein. Einem Mann, der Jahre nach dem Ersten Weltkrieg im Reichsbeschaffungsamt der Nazis einen hohen Posten bekleiden sollte. Zuständig war er dort für die Beschaffung von Waffen und Rüstungsgütern.«

Fromm blinzelte und atmete tief durch.

»Rüstungsgüter?«, grübelte er. »So in der Art, wie sie Harriman in Amerika herstellte. Aber die von den USA nicht so ohne Weiteres in das Dritte Reich geliefert werden konnten. Also ging die Lieferung zu Morales nach Kuba. Und der verschiffte sie weiter nach Deutschland. Wo sein Schwiegervater darauf wartete und alles in die Wege leitete. Ein gerissener Fuchs, der alte Morales! Durchaus.«

»Möglicherweise«, schwächte sie ab und ließ den Drink im Glas nachdenklich kreisen. »Wenn man den Erzählungen von Barbara Morales, die ihre Großmutter sehr verehrt, glauben darf, dann war der gute Generalissimo ein sehr leidenschaftlicher Mann. Zu leidenschaftlich für's Geschäftliche. Die zu Hagensteins hingegen hatten da etwas sehr Hanseatisches an sich.« Nachdenklich sah sie nach draußen, in die Lichter der Nacht. »Ob Harriman die Verbindung eingefädelt hat oder der alte zu Hagenstein, ob die junge Debütantin äußerst berechnend war oder Morales ein Fuchs, wir werden es nie erfahren. Dazu würde man das Tagebuch benötigen.«

»Das Tagebuch, mit dem man dann möglicherweise auch belegen könnte, dass die USA maßgeblich an der Bewaffnung Adolf Hitlers beteiligt waren. Allmählich verstehe ich, warum niemand will, dass das Buch sehr publik wird.«

»Das könnte nur jemand entscheiden, der das Tagebuch wirklich gelesen hat«, warf sie ein. »Und das wird nicht geschehen. Barbara Morales hat nie wirklich zugegeben, dass so ein Dokument tatsächlich in dem Schließfach war. Ja, es gibt außer Vermutungen auch keinen Hinweis darauf, dass so etwas jemals existierte. Und wenn man sie gefragt hat, ist sie immer ausgewichen. Ich habe damals an meiner Doktorarbeit gesessen und für mich – und für die Wissenschaft – wäre ein solches Dokument unendlich wertvoll. Aber ich meine doch zwischen den Zeilen verstanden zu haben, sie hätte es verkauft, kurz nach der Erbschaft. Zumindest hat sie das mal angedeutet. Vielleicht hat sie das auch getan, weil ihr klar geworden ist, dass es manche Leute unbedingt haben wollten und dass es darum besser wäre, sich mit diesen Leuten gütlich zu einigen. Es ahnten damals alle, dass Barbara das Buch hat. Wäre ihr damals etwas passiert, ich weiß nicht – warum aber ihrer Schwester jetzt so etwas Schreckliches zustoßen musste, ich kann es mir nicht erklären.«

»Die Wahrheit scheint verworren, ist aber doch um vieles einfacher«, meinte er und sah ebenfalls in die Nacht und auf ihre Lichter hinaus. Da draußen war die Wahrheit, und er sah sie jetzt klar vor sich. »Die Werte der Erbschaft wurden geteilt und Barbara erhielt darü-

ber hinaus das Tagebuch der von ihr so verehrten Großmutter. Dieses stellte sich als ebenso wertvoll wie gefährlich heraus und Barbara schlug es los. Diesen Erlös
hat sie mit ihrer Schwester aber nie geteilt, was jahrelang
zwischen ihnen stand und beständigen Streit auslöste.
Bis ihrer Schwester klar wurde, dass Schönheit nicht
ewig hält und sie auf die Idee verfiel, dass das Leben
ihrer zurückgezogenen Schwester ›besser‹ sei. Die Tote
ist nicht Julia, sondern Barbara Morales. Und der Mörder ist nicht irgendeine dunkle Gestalt im Hintergrund,
sondern ihre eigene Schwester. Ich gehe mal davon aus,
dass mein guter Brolli das Geständnis inzwischen hat.«

Er sah sie wieder an und bemerkte den fragenden
Blick, mit dem sie ihn betrachtete. Nicht, als würde sie
etwas von ihm erwarten. Eher so, als würde sie versuchen ihn einzuschätzen. Mit ein wenig Bewunderung
und Überraschung.

»Und damit ist die Geschichte jetzt erledigt?«, fragte
sie eine Spur heiser vom kalten Drink. Er zuckte mit den
Schultern und lehnte sich zurück.

»Ich bezweifle, dass das Tagebuch jemals wieder auftauchen wird. Zumal ja wohl Vorsorge dafür getragen
wurde, dass niemand weiß, wem Barbara Morales das
Buch verkauft hat. Vor vielen Jahren!«

Sie nickte und trank einen Schluck, ohne die Augen
von ihm zu lassen.

»Andererseits«, spann er den Faden langsam weiter,
»muss man eigentlich nur überlegen, welche der betei-
ligten Parteien nicht nach dem Buch sucht.«

Jetzt hatte er sie überrascht und so etwas wie Bewunderung keimte in ihren hellen Augen auf. Ließ sie die Menschen und das Lokal noch mehr vergessen.

»Also die Deutschen«, meinte er versonnen und betrachtete die blinkenden Lichter der Stadt. »An die niemand gedacht hat.«

Sie lachte hell auf und schüttelte den Kopf ein wenig, dass die Engelslocken wallten. Ließ das Kleid glitzern und lenkte so mit einer leichten Bewegung seine Aufmerksamkeit wieder auf sich, auf ihren wohlgeformten Körper.

»DIE Deutschen gibt es nicht. Ebenso wenig wie DEN Wiener. Das weiß wohl niemand besser als Sie, Markus. Alles, was es gibt, sind Interessen. So lag es wohl im Interesse einer Person oder einer Gruppe, dass gewisse Details der Geschichte nicht wieder auftauchen. Ob das gut ist oder schlecht, wer weiß das? Wer kann das beurteilen? Jeder folgt seinen Interessen, und so gibt es fast neun Milliarden Einzelinteressen. Jeder folgt seinen eigenen«, setzte sie noch leiser hinzu.

Da draußen in der alten Nacht, vor den weltweiten Scheiben, da schnürten kalte Lichter entlang leerer Straßen. Kreuzten sich, zogen Bögen, fanden sich, trennten sich und strebten hinweg. Da blinkten Scheinwerfer suchend herum, manche fordernd, manche verstohlen. Da glommen warm einsame Lichter hinter schmalen Fenstern zu kleinen Wohnungen.

Ohne ihn anzusehen, fasste sie wieder nach der Karte. Dabei streifte die samtige Innenseite ihres Unterarmes seine Hand. Wie zufällig.